四部要籍選刊·集部

文選

九

浙江大學出版社

本册目録（九）

卷四十七

頌

贊

卷四十八

符命

卷四十九

史論上

卷五十

史論下

史述贊

卷五十一

論一

卷五十二

論二

卷五十三

論三

文選卷第四十七

梁昭明太子撰

文林郎守太子右內率府録事參軍事崇賢館直學士臣李善注上

頌

贊

夏侯孝若東方朔畫贊一首

袁彥伯三國名臣序贊一首

頌

聖主得賢臣頌一首

善曰漢書曰王襃既爲益州刺史王襄作中和樂職宣布詩王襄因奏言襃有軼才上乃徵襃既至詔爲聖主得賢臣頌

王子淵

夫荷旃被毳者難與道純緜之麗密應劭曰不知純緜之麗密也讚以爲純緜羹藜唅糗者不足與論太牢之滋味服虔曰唅音含糗乾食也今臣僻在西蜀生於窮巷之中長於蓬茨之下戰國策張儀曰蜀西僻之國而戎翟之長也風賦曰起於窮巷之間列子曰北宮子庇其蓬室若廣廈之蔭廣雅曰茨覆也無

有游觀廣覽之知顧有至愚極陋之累不足以塞厚望應明旨雖然敢不略陳愚心而杼情素戰國策蔡澤說應侯曰公孫鞅事孝公竭知謀示情素記曰恭惟春秋法五始之要在乎審己正統而已服虔曰恭敬也胡廣曰五始一曰元二曰春三曰王四曰正月五曰公即位夫賢者國家之器用也所任賢則趨舍省而功施普器用利則用力少而就效衆故工人之用鈍器也勞筋苦骨終日矻矻如淳曰矻矻健作貌苦骨切及至巧冶鑄干將之璞清水淬其鋒越砥斂其鍔應劭曰傳曰得一寶劍不如一甌冶甌冶即巧冶也越絶書曰楚王召風胡子而問之曰寡人聞吴有干將越有甌冶願請此二人爲鐵劍吴越春秋曰干將者吴人造劍二枚一曰干將二曰莫耶郭璞三蒼解詁曰焠作刀鋻也焠子妹切鋻工練切說文云鍔劍刃也晉灼曰砥石出南昌故曰越砥

水斷蛟龍陸剸犀革胡非子曰負長劒赴榛薄析兕豹赴深淵斷蛟龍字林曰剸截也漢書音義曰剸章兖切忽若篲氾畫塗如淳曰若以篲掃於氾灑之處也篲音遂塗路也如此則使離婁督繩公輸削墨雖崇臺五層延袤百丈而不溷者工用相得也孟子曰離婁之明趙岐曰古之明目者也黃帝時人鄭玄禮記注曰公輸若匠師也般若之族多伎巧者也史記曰蒙恬築長城延袤萬餘里王逸楚辭注曰溷亂也胡困切庸人之御駑馬亦傷吻敝策而不進於行胷喘膚汗人極馬倦及至駕齧膝驂乘旦應劭曰馬怒有餘氣常齧膝而行也張晏曰齧膝乘旦皆良馬名也駕則曰至故以為名王良執靶韓哀附輿張晏曰王良郵無卹也世本云韓哀侯作御也時已有御此復言之加其精巧也音義或曰靶音霸謂轡也縱騁馳騖忽如影靡過都越國蹶如歷塊追奔電逐遺風遺風風之疾者也周流

八極萬里一息何其遼哉人馬相得也故服絺綌之凉者不苦盛暑之鬱燠論語曰當暑袗絺綌孔安國曰絺綌葛也襲狐貉之煖者不憂至寒之淒滄論語曰狐貉之厚以居何則有其具者易其備賢人君子亦聖王之所以易海内也是以嘔一侯切喻受之應劭曰嘔喻和悅貌開寬裕之路以延天下之英俊也夫竭智附賢者必建仁策索人求士者必樹伯迹昔周公躬吐握之勞故有圄空之隆韓詩外傳曰成王封伯禽於魯周公誡之曰無以魯國驕士吾一沐三握髮一飯三吐哺猶恐失天下之士也文子曰法寬刑緩囹圄空虛齊桓設庭燎之禮故有匡合之功韓詩外傳曰齊桓公設庭燎爲士之欲造見者朞年而士不至於是東野人有以九九見者桓公使戲之曰九九足以見乎鄙人曰臣不以九九足以見也臣聞君設庭

燎以待士朞年而士不至夫士之所以不至者君天下之賢君也四方之士皆自以爲不及君故不至也夫九九薄能而君猶禮之況賢於九九者乎桓公曰善乃禮之朞月四方之士相選而並至矣論語子曰管仲相桓公一匡天下民到于今受其賜又子曰桓公九合諸侯不以兵車管仲之力也由此觀之君人者勤於求賢而逸於得人人臣亦然吕氏春秋曰賢主勞於求賢而逸於治事昔賢者之未遭遇也圖事揆策則君不用其謀陳見悃誠則上不然其信郭璞三蒼解詁曰悃誠信也苦本切進仕不得施效斥逐又非其愆是故伊尹勤於鼎俎太公困於鼓刀魯連子曰伊尹負鼎佩刀以干湯得意故尊宰舍尉繚子曰太公屠牛朝歌文子曰伊尹負鼎而干湯吕望鼓刀而入周百里自鬻甯戚飯牛離此患也孟子萬章問曰或曰百里奚自鬻於秦要秦穆公信乎孟子曰不然好事者爲之也甯戚飯牛已見鄒陽上書及其遇明君遭聖主

也運籌合上意諫諍則見聽進退得關其忠任職得行其術去卑辱奥渫而升本朝離蔬釋蹻而享膏粱張晏曰奥幽也渫狎也辱汙也如淳曰奥音郁應劭曰離此蔬食釋此木屩蹻案屩以繩爲屨也國語欒伯請公族大夫膏梁之性難正也賈逵曰膏肉之肥者梁食之精者言其食肥美者率驕放其性難正也剖符錫壤而光祖考傳之子孫以資說士故世必有聖智之君而後有賢明之臣虎嘯而谷風洌龍興而致雲氣周易曰雲從龍風從虎管輅別傳曰龍者陽精以潛于陰幽靈上通和氣感神二物相扶故能興雲虎者陰精而居于陽依木長嘯動於巽林二數相感故能運風蟋蟀俟秋吟蜉蝣出以陰易通卦驗曰立秋蜻蛚鳴蔡邕月令章句曰蟋蟀蟲名世謂之蜻蛚也毛詩傳曰蜉蝣渠略也又蟲魚疏曰渠略甲下有翅能飛夏月陰時出地中易曰飛龍在天利見大人乾卦之辭也龍以喻大人言龍飛在天

喻聖人之德顯故天下萬物而利見之王肅曰大人在位之日也詩曰思皇多士生此王國毛詩大雅文也毛萇曰皇天也鄭玄曰思願也願天多生賢人於邦故世平主聖俊乂將自至若堯舜禹湯文武之君獲稷契皋陶伊尹呂望之臣明明在朝穆穆列布尚書曰厥后惟明明又曰則以穆穆在乃位聚精會神相得益章雖伯牙操遞鐘逢門子彎烏號猶未足以喻其意也晉灼曰遞音迭遞之遞二十四鐘各有節奏聲之不常故曰遞鐘瓚以爲楚辭曰奏伯牙之號鐘馬融長笛賦曰號鐘高調號鐘琴名也謂伯牙以善鼓琴不說能擊鐘也且漢書多借假或以遞爲號不得便以迭遞判其音也善曰孫卿子曰羿逢蠭門善服射者也吳越春秋陳音曰黃帝作弓後有楚狐父以其道傳羿羿傳逢蒙漢書曰黃帝鼎成龍迎黃帝黃帝上騎小臣持龍髯拔墮墮黃帝之弓百姓仰望黃帝龍髯號故名其弓曰烏號故聖主必待賢臣而弘功業俊士亦俟明

主以顯其德上下俱欲懽然交欣千載一會論説無疑翼乎如鴻毛遇順風沛乎若巨魚縱大壑春秋保乾圖曰神明之應疾於倍風吹鴻毛其得意如此則胡禁不止曷令不行化溢四表橫被無窮遐夷貢獻萬祥必臻是以聖主不徧窺望而視已明不殫傾耳而聽已聰恩從祥風翔德與和氣游太平之責塞優游之望得爲君之道冀太平而優游今已太平是責塞也今已優游是望得也史記泄公曰今王已出吾責塞尚書大傳曰周公作樂優游三年遵游自然之勢恬淡無爲之場莊子曰夫恬淡寂寞虛無無爲此天地之平而道德之至休徵自至壽考無疆雍容垂拱永永萬年尚書曰垂拱而天下治何必偃仰詘信若彭祖呴噓呼吸如喬松眇然絶俗離世哉莊子

曰吹呴呼吸吐故納新熊經鳥伸爲壽而已矣彭祖壽考者之所好也列仙傳曰王子喬好吹笙道人浮丘公接以上嵩高山又曰赤松子者神農時雨師也至崑崙山上常止西王母石室中**詩曰濟濟多士文王以寧蓋信乎其以寧也**

趙充國頌一首

漢書曰成帝時西羌常有警上思將帥之臣追美充國乃召黃門郎楊雄即充國圖畫而頌之

楊子雲

明靈惟宣戎有先零漢書曰諸羌先零豪然先零羌別號**先零猖狂侵漢西疆**漢書宣紀曰元鳳元年西羌反**漢命虎臣惟後將軍**毛詩曰進厥虎臣闞如虓虎漢書曰昭帝時擢充國爲後將軍**整我六師是討是震**漢書曰遣後將軍趙充國擊西羌毛詩曰整我六師以脩我戎又曰徐方震驚**既臨其域諭以威德**漢書曰充國至西部都尉府欲以威信招降罕开乃上疏曰因田致穀威德兼行**有守矜功謂之弗克**應劭

曰酒泉太守辛武賢言充國屯田之便不如擊之論語讖曰重耳反譎伐德矜功請奮其旅于罕之羌韋昭曰罕羌名也蘇林曰在金城南武賢言但擊罕羌先零自降也天子命我從之鮮陽應劭曰宣帝使充國共討罕开於鮮水陽營平守節屢奏封章漢書曰充國封營平侯屢奏封章言屯田之便不從武賢之策料敵制勝威謀靡亢制勝已見張景陽雜詩遂克西戎還師于京漢書曰充國奏言凡斬首七千六百級降者三萬一千二百請罷屯兵奏可充國振旅而還鬼方賓服罔有不庭毛詩曰內奰于中國覃及鬼方毛萇曰鬼方遠方也世本注曰鬼方於漢則先零戎是也尚書曰惟周王四征弗庭昔周之宣有方有虎詩人歌功乃列于雅詩小雅曰方叔莅止其車三千又大雅曰江漢之滸王命召虎在漢中興充國作武赳赳桓桓亦紹厥後毛詩曰赳赳武夫公侯干城尚書曰武王曰勗哉夫子尚桓桓

出師頌一首

范曄後漢書曰：鄧騭字昭伯，女弟爲和熹皇后。安帝立，騭爲虎賁中郎將，封上蔡侯。凉部叛羌摇蕩西州，詔騭將兵擊之，車駕幸平樂觀餞送。騭西屯漢陽，征西校尉任尚與羌戰，大敗之，遣中郎將迎拜騭爲大將軍。旣至，大會羣臣，賜以束帛乘馬。

史孝山

范曄後漢書曰：王莽末沛國史岑字孝山，以文章顯。文章志及集林、今書七志並同，皆載岑出師頌。而流別集及集林又載岑和熹鄧后頌并序。計莽之末以訖和熹，百有餘年。又東觀漢記東平王蒼上光武中興頌，明帝問校書郎此與誰等，對云前世史岑之比。斯則莽末之史岑，明帝之時已云前世，不得爲和熹之頌明矣。然蓋有二史岑：字子孝者，仕王莽之末；字孝山者，當和熹之際。但書典散亡，未詳孝山爵里，諸家遂以孝山之文載於子孝之集，非也。騭則鄧后之兄，元舅則騭也。

茫茫上天，降祚有漢。兆基開業，人神攸賛。五曜霄映，素靈夜歎。皇運來授，萬寶增煥。漢書曰：元年冬十月，五星聚于東井，沛公至霸上。應劭曰：五星所在，其下以義取天下也。又曰：高祖夜經澤中，有大蛇當徑，拔劒斬蛇，蛇分爲兩。後人至蛇所，有一嫗夜哭。人問嫗，嫗曰：吾子白帝子，化爲蛇當道，今者赤帝子斬之也。歷紀十二，天命中易。漢書曰：漢起元高祖，終于孝平。王莽之誅，十有二世也。西零不順，東夷遘逆。西零即先零也。乃命上將，授以雄戟。子虛賦曰：建于將之雄戟。桓桓上將，寔天所啓。桓桓已見上文。左氏傳：晉侯賜畢萬魏，卜偃曰：以是始賞，天啓之矣。允文允武，明詩悅禮。毛詩曰：允文允武，昭格烈祖。左氏傳：趙衰曰：郤縠說禮樂而敦詩書。憲章百揆，爲世作楷。禮記曰：仲尼憲章文武。尚書曰：納于百揆。禮記曰：今世行之，後世以爲楷。昔在孟津，惟師尚父。尚書曰：武王伐紂，師渡孟津。毛詩曰：維師尚父，時惟鷹揚，諒彼武王。素旄一麾，渾一區宇鬻子曰武王伐紂乃命太公把旄以麾之紂軍反走尚書曰王右秉白旄以麾蒼生更始朔風變楚蒼生猶黔首也尚書曰至于海隅蒼生朔北方也楚南方也史記子貢問樂曰舜彈五絃之琴歌南風之詩而天下治紂爲朝歌北鄙之音身死國亡何也夫南風之詩者生長之音舜樂好之故天下治也夫北者敗也鄙者陋也紂樂好之故身死國亡薄伐獫狁至于太原毛詩小雅文也鄭玄曰薄伐言逐出之而已詩人歌之猶歎其艱況我將軍窮城極邊鼓無停響旗不蹔褰澤霑遐荒功銘鼎鉉禮記曰夫鼎鉉者有銘銘者論譔其先祖之德美功烈勳勞而酌之祭器自成其名焉周易曰鼎金鉉我出我師于彼西疆毛詩曰我出我車于彼牧矣天子餞我路車乘黃言念伯舅恩深渭陽毛詩序曰渭陽康公念母也我見舅氏如母存焉又曰我送舅氏曰至渭陽何以贈之路車乘黄介珪既削列壤酬勳毛詩曰錫爾介珪以作爾寶今我將軍啓土

上郡尚書曰建邦啓土也傳子傳孫顯顯令問毛詩曰假樂君子顯顯令德又曰令問令望

酒德頌一首　劉伯倫臧榮緒晉書曰劉伶字伯倫沛國人也志氣曠放以宇宙爲狹著酒德頌爲建威參軍卒以壽終

有大人先生以天地爲一朝萬期爲須臾日月爲扃牖八荒爲庭衢行無轍迹居無室廬老子曰善行無轍迹馬融琴賦曰游閑公子中道失志居無室廬罔所自置幕天席地縱意所如止則操巵執觚動則挈榼提壺說文曰榼酒器也苦闔切唯酒是務焉知其餘有貴介公子搢紳處士左氏傳曰伯州黎謂鄭皇頡曰夫子爲王子圍寡吾之貴介弟也司馬相如封禪書曰因雜搢紳先生之略術臣瓚曰縉赤白色紳大帶應劭風俗通曰處士者隱居放言聞吾

風聲議其所以乃奮袂攘襟怒目切齒北征賦曰遂奮袂而北征戰國
策張儀說魏王曰天下游士莫不瞋目切齒陳說禮法是非鋒起春秋感精符曰禍亂
鋒起君若贅旒先生於是方捧甖承槽銜杯漱醪劉熙孟子注曰槽者齊俗
名之如酒槽也奮髯箕踞枕麴藉糟漢書曰朱博遷琅邪齊部舒緩博奮髯抵几曰觀齊
兒欲以爲俗耶又曰尉佗魋結箕倨無思無慮其樂陶陶兀然而醉豁爾
而醒靜聽不聞雷霆之聲孰視不覩泰山之形不覺寒
暑之切肌利欲之感情莊子曰知反於帝宮見黃帝而問焉曰何思何慮則知道黃帝
曰無思無慮始知道毛詩曰君子陶陶俯觀萬物擾擾焉如江漢之載浮
萍廣雅曰擾擾亂也焉如猶何如也二豪侍側焉如蜾蠃之與螟蛉二豪
公子處士也隨己而化類蜾蠃之變螟蛉也法言曰螟蛉之子蜾蠃祝之曰類我類我久則肖之矣速哉七十

子之化仲尼也李軌曰螟蛉桑蟲也蜾蠃蜂蟲也肖類也蜂蟲無子取桑蟲蔽而殪之幽而養之祝曰類我久則化而成蜂蟲矣速疾哉二三子受學仲尼之化疾也

漢高祖功臣頌一首　陸士衡

相國酇文終侯沛蕭何相國平陽懿侯沛曹參太子少傅留文成侯韓張良丞相曲逆獻侯陽武陳平楚王淮陰韓信梁王昌邑彭越淮南王六黥布趙景王大梁張耳韓王韓信燕王豐盧綰長沙文王吳芮荊王沛劉賈太傅安國懿侯王陵左丞相絳武侯沛周勃相國舞陽侯沛樊噲右丞相曲周景侯高陽酈商太僕汝陰文侯沛夏侯嬰丞相潁陰懿侯睢陽灌嬰代丞相陽陵景侯

魏傅寬車騎將軍信武肅侯靳歙大行廣野君高陽酈食其中郎建信侯齊劉敬太中大夫楚陸賈太子太傅稷嗣君薛叔孫通魏無知護軍中尉隨何新成三老董公轅生將軍紀信御史大夫沛周苛平國君侯公右三十一人與定天下安社稷者也頌曰

芒芒宇宙上墋下黷天以清爲常地以靜爲本今上墋下黷言亂常也墋不清澄之貌也墋楚錦切國語觀射父曰民神異業敬而不黷賈逵曰黷嫚也波振四海塵飛五岳波振塵飛以喻亂也九服徘徊三靈改卜周書曰乃辨九服之國春秋元命苞曰造起天地鑄演人君通三靈之貺交錯同端赫矣高祖肇載天祿尚書曰天祿永終沈跡中鄉飛名帝錄中鄉即中陽里也漢書曰高祖中陽里人尚書璇璣鈐孔子曰五帝出受錄圖慶

雲應輝皇階授木漢書范增謂項羽曰吾使人望沛公其氣皆爲龍成五色此天子氣急擊之勿失春秋孔演圖曰天子皆五帝精必有諸神扶助使開階立遂宋均曰遂道也春秋保乾圖曰黒帝治八百歲運極而授木蒼帝七百二十歲而授火言漢之歷運爲周木德所授也龍興泗濵虎嘯豐谷尚書序曰漢室龍興漢書曰高祖爲泗上亭長淮南子曰虎嘯而谷風至漢書曰高祖居沛豐形雲晝聚素靈夜哭漢書曰高祖隱於芒碭山澤閒呂后求常得之高祖怪問呂后后曰季所居上常有雲氣故從往常求得季形丹色也素靈夜哭已見上文金精仍頹朱光以渥漢書郊祀志曰秦襄公自以居西主少昊之神作西畤祠白帝至獻公時櫟陽雨金以爲瑞又作畦畤祠白帝少昊金德也朱光謂漢也殺之者明漢當滅秦也萬邦宅心駿民效足尚書曰宅心知訓又曰俊民用章曹植與陳琳書曰驥騄不常一步應良御而效足堂堂蕭公王迹是因蕭何爲丞相故曰公論語曾子曰堂堂乎張也難與並爲仁矣綢繆叡后無競維人

毛詩曰無競維人四方其訓之外濟六師內撫三秦漢書曰漢王與諸侯擊楚何守關中漢王數失軍何常與關中卒輒補缺應劭曰章邯爲雍王司馬欣爲塞王董翳爲翟王分王秦地故曰三秦拔奇夷難邁德振民漢書曰何進韓信漢王以爲大將軍黥布反上自將擊之使使問相國何爲曰爲上在軍拊循百姓尚書曰咎繇邁種德周易曰君子以振民毓德體國垂制上穆下親周禮曰惟王建國體國經野班固蕭何述曰營都立宮定制修文然重威則上穆刑約則下親名蓋羣后是謂宗臣班固漢書贊曰蕭何曹參位冠羣后聲施後世爲一代之宗臣張晏曰宗臣國所宗也平陽樂道在變則通論語曰貧而樂周易曰易窮則變變則通爰淵爰嘿有此武功莊子曰君子淵默而雷聲毛詩曰文王受命有此武功長驅河朔電擊壤東漢書曰秦將王離圍鉅鹿參擊王離軍成陽南大破之又擊三秦軍壤東破之文穎曰壤東地名也班固漢書述曰長驅大舉電擊雷震協策淮陰亞迹蕭公漢書曰魏王豹

反叅以假丞相别與韓信東攻魏將孫遫大破之又從韓信擊趙大破之又從韓信擊龍且大破之又曰謁者鄂秋曰位次蕭何第一曹參次之**文成作師通幽洞冥**漢書張良終謚曰文成侯又曰張良從容步游下邳圯上有老父出一編書曰讀是則爲王者師**永言配命因心則靈**毛詩曰永言配命自求多福又曰維此王季因心則友**窮神觀化望影揣情**周易曰窮神知化德之盛也史記太史公曰虞卿斷事揣情爲趙畫策鬼谷子曰測深揣情**鬼無隱謀物無遯形武關是闢鴻門是寧**漢書曰漢王與良西入武關良曰臣聞秦將屠者賈豎易動以利令持重寶啗秦將秦將果欲連和沛公欲聽之良曰此其將欲叛士卒恐不從不如因其解擊之沛公乃擊秦軍大破之又曰項羽至鴻門欲擊沛公良因要項伯見沛公沛公令伯具言沛公不敢背項王項羽意乃解周易曰人謀鬼謀百姓與能**隨難滎陽即謀下邑**隨難滎陽見下文漢書曰漢王兵還至下邑漢王曰吾欲捐關以東誰可與共功者良曰九江王英布楚梟將彭越反梁地此兩人可急

使韓信可屬大事當一面即欲捐之此三人楚可破也銷印惎忌廢推齊勸立漢書曰項羽急圍漢王滎陽酈食其曰誠復立六國後楚必歛衽而朝漢王曰善趣刻印先生行佩之良曰誰爲陛下畫此計者陛下大事去矣且楚唯無強六國復撓而從之陛下焉得而臣之漢王曰輟銷印後韓信破齊欲自立爲齊王漢王怒良勸漢王因封之班固漢書述張良曰推齊銷印驅致越信運籌固陵定策東襲三王從風五侯允集漢書曰漢王與齊王信魏相國彭越期會擊楚至固陵不會漢王謂張良曰諸侯不從奈何良曰今能取睢陽以北至穀城以王彭越從陳以東傅海與齊王信則楚易敗也於是韓信彭越皆引兵來黥布隨劉賈皆會項羽敗自刎淮南子曰施于寡妻至于兄弟天下從風漢書曰漢王用良計諸侯皆至史記曰漢部五諸侯兵東伐楚又蘇秦曰梁從風而動霸楚寔喪皇漢凱入周禮曰師有功則愷樂怡顔高覽彌翼鳳戢託迹黄老辭世却粒史記良曰願弃人間事從赤松子游耳乃學辟穀導引輕身曲逆宏達好

謀能深西都賦曰大雅宏達論語子曰好謀而成遊精杳漠神迹是尋重玄匪奧九地匪沈重玄天也鄧析子曰九地之下重天之巔伐謀先兆擠響于音言將伐其謀先其未兆欲墜其響在於爲音然兆爲謀始響爲音初也孫子曰上兵伐謀其次伐交鶡冠子曰音者所以調聲也未聞音出而響過其聲者也奇謀六奮嘉慮四迴漢書曰陳平凡六出奇計或頗秘之世莫得聞宋仲子法言注曰張良爲高祖畫策六陳平出奇策四皆權謀非正也然機之此言有符仲子之説未詳相承而誤或別有所憑也規主於足離項于懷格人乃謝楚翼寔摧漢書曰淮陰侯破齊王使使來言漢王漢王怒而罵平躡漢王漢王寤乃厚遇齊使音義曰躡謂平躡漢王足也漢書陳平曰項羽骨鯁之臣亞父鍾離沬龍且周殷之屬不過數人大王捐數萬金行反閒閒其君臣破楚必矣漢王以爲然反閒既行羽果疑亞父亞父去發病死尚書曰格人元龜罔敢知吉韓王窘執胡馬洞開漢書曰人有上書告楚王韓信反陳平曰陛下第出僞遊雲夢

信聞天子以好遊出其勢必郊迎謁陛下因禽之此特萬世之事也高祖以爲然信果郊迎即執縛之毛萇詩傳曰窘困也漢書曰上至平城爲匈奴所圍高祖用平奇計使單于閼氏解圍以得出**迎文以謀**

哭高以哀漢書曰呂太后崩平與太尉勃合謀誅諸呂立文帝平本謀也又曰高帝崩平馳至宫哭殊悲

灼灼淮陰靈武冠世策出無方思入神契孔安國尚書傳曰神妙無方蔡邕李咸碑曰明略兼洞與神合契

奮臂雲興騰迹虎噬凌險必夷

摧剛則脆呂氏春秋曰凡兵之用也攻亂則脆

肇謀漢濱還定渭表漢書蕭何謂高祖曰必長王漢中無所事信必欲爭天下非信無可與計事者漢王乃拜信大將軍信說漢王曰今王舉兵而東三秦可傳檄而定也漢王喜遂聽信計舉兵出陳倉定三秦

京索旣扼引師北討漢書曰漢擊楚彭城漢兵敗散而還信復發兵與漢王會滎陽復擊破楚京索閒齊趙魏皆反與楚和以信爲左丞相擊魏

濟河夷魏登山滅趙漢書曰信遂進擊魏魏盛兵蒲坂塞臨晉信乃益爲

疑兵陳舩欲渡臨晉而伏兵從夏陽以木罌缶渡軍襲安邑虜魏王豹信請北舉燕趙選輕騎二千人人持一赤幟從閒道登山而望趙軍戒曰趙見我走必空壁逐我若疾入拔趙幟立漢幟後趙空壁爭漢鼓旗奇兵馳入趙壁皆拔趙幟立漢赤幟趙卒見之大驚遂亂走禽趙王歇

威亮火烈勢踰風掃孫子曰兵以詐立以利動以分合而爲變者也故其疾如風侵掠如火則彼三軍可奪氣將軍可奪心此用兵之法也

拾代如遺偃齊猶草漢書曰信進擊代禽夏說閼與李奇曰代相也孟康曰音焉預邑名也漢書曰信發趙兵未發者擊齊信引兵東遂渡河襲齊歷下軍至臨菑齊王走高密又梅福上書曰高祖取楚如拾遺論語曰草上之風必偃

二州肅清四邦咸舉據禹貢九州之屬魏趙屬冀州齊代屬青州四邦魏代趙齊也

乃眷北燕遂表東海漢書曰信用廣武君策發使使燕燕從風而靡又曰信平齊使人言于漢王齊夸詐多變反覆之國不爲假王以鎮之其勢不定請自立爲假王漢王乃遣張良立信爲齊王表東海巳見九錫文

克滅龍且爰取其旅漢書曰齊王走高密使使于楚

楚使龍且救齊與信夾濰水陣信乃夜令人爲萬餘囊盛沙以壅水上流引軍半渡擊龍且佯不勝還走龍且果喜曰固知信怯遂追渡水信使人決壅囊水大至龍且軍太半不得渡即急擊殺龍且楚卒皆降之劉項懸命人謀是與漢書蒯通說信曰當今之時兩主縣命於足下足下爲漢則漢勝與楚則楚勝人謀已見上文念功惟德辭通絕楚漢書曰項王使盱眙人武涉往說信曰足下何不與楚連和三分天下而王齊信辭曰人信親我背之不祥蒯通知天下權在信深說以三分天下之計信自以功大漢不奪我齊遂不聽尚書曰惟帝念功彭越觀時弢韜迹匿光人具爾瞻翼爾鷹揚杜預左氏傳注曰韜藏弢與韜古字通也毛詩曰赫赫師尹人具爾瞻又曰維師尚父時維鷹揚威凌楚域質委漢王靖難河濟即宮舊梁漢書曰漢使人賜越將軍印綬使下濟陰以擊楚大敗楚軍拜越爲魏相國漢敗彭城越皆亡其所下城獨將其兵北居河上往來爲漢王游兵擊楚絕其糧於梁地項籍死封越爲梁王都定陶禮記孔悝爲鼎銘曰即宮於宗周烈

列黥布眈眈其眄漢書曰黥布姓英氏項梁定會稽布以兵屬之周易曰虎視眈眈名冠彊楚鋒猶駭電漢書曰楚兵常勝功冠諸侯者以布數以少敗衆覿幾蟬蛻悟主革面漢書曰漢王使隨何說布布間行與何歸漢淮南子曰蟬飲不食三十日而蛻周易曰小人革面以從君也肇彼梟風翻爲我扇漢書曰上立布爲淮南王與擊項籍天命方輯王在東夏東夏即陽夏也漢書曰漢王追項羽至陽夏南矯矯三雄至于垓下三雄韓信彭越英布漢書曰漢王發使使韓信彭越至皆引兵來黥布隨劉賈皆會圍羽垓下毛詩曰矯矯虎臣也元凶既夷寵祿來假元凶謂項羽班固漢書張湯述曰既成寵祿亦罹咎慝保大全祚非德孰可左氏傳楚子曰保大定功班固漢書張湯述曰子孫遵業全祚保國謀之不臧舍福取禍毛詩曰謀之不臧則具是依左氏傳劉子曰能者養之以福不能者敗以取禍張耳之賢有聲梁魏漢書曰張耳大梁人也少時及魏公子毋忌爲客毛

詩曰文王有聲士也罔極自詒伊愧漢書曰張耳陳餘相與爲刎頸交耳與趙王歇走入鉅鹿王離圍之餘自度兵少不敢前後耳得出鉅鹿責餘餘怒脫印綬與耳耳佩其印綬後餘以兵襲耳耳敗走毛詩曰士也罔極二三其德又曰心之憂矣自詒伊慼詒音怡俯思舊恩仰察五緯漢書耳曰漢王與我有故而項王強立我我欲之楚甘公曰漢王之入關五星聚東井先至必王耳走漢易乾鑿度曰五緯順軌四時和肅脫迹違難披榛來洎改策西秦報辱北冀漢書曰漢定三秦方圍章邯廢丘耳謁漢王又曰漢遣張耳與韓信擊破趙井陘斬餘泜水上追殺趙王歇於襄國泜音祇悴葉更輝枯條以肆以木爲喻也漢書曰漢立耳爲趙王毛萇詩傳曰斬而後生曰肆王信韓孽宅土開疆我圖爾才越遷晉陽漢書曰韓王信故韓襄王孽孫也漢立信爲韓王上以信壯武乃更以太原郡爲韓國徙信以備胡都晉陽毛萇詩曰我圖爾居盧綰自微婉孌我皇漢書曰高祖與綰壯學書又相愛也班固漢書述哀

紀曰婉孌董公惟亮天工跨功踰德祚爾輝章漢書曰群臣知上欲王綰皆曰綰可王上乃立綰爲燕王章印章也人之貪禍寧爲亂亡漢書曰高祖崩綰遂將其衆亡入匈奴死胡中毛詩曰民之貪亂寧爲荼毒鄭玄曰天下之民苦王之政欲其亂亡也吳芮之王祚由梅鋗功微勢弱世載忠賢漢書曰天下之初叛秦吳芮率越人舉兵以應諸侯沛公攻南陽遇芮之將梅鋗與偕攻析酈上以鋗有功武關故德芮徙爲長沙王高祖賢之詔御史長沙王忠其著之甲令音義曰鋗呼玄切酈持益切肅肅荊王董我三軍漢書劉賈將貳萬人騎數百擊楚孔安國尚書傳曰董督也我圖四方殷薦其勳漢書曰漢王追項籍至固陵賈使人閒招楚大司馬周殷周殷反楚佐賈庸親作勞舊楚是分往踐厥宇大啓淮墳漢書曰高祖子弟弱昆弟少欲王同姓以鎮天下詔立賈爲荊王王淮東毛詩曰鋪敦淮墳安國違親悠悠我思依依哲母既明且慈引身伏劍永言

固之漢書曰王陵以兵屬漢項羽取陵母寘軍中陵使至則東鄉坐陵母欲以招陵陵母私送使者泣曰爲老妾語陵善事漢王漢王長者也無以老妾故持二心妾以死送使者遂伏劍而死毛詩曰青青子佩悠悠我思淑人君子實邦之基毛詩曰淑人君子其儀不忒又曰樂只君子邦家之基義形於色憤發于辭漢書曰陵爲人少文任氣好直言高后欲立諸呂爲王問陵陵曰高皇帝刑白馬而盟曰非劉氏而王者天下共擊之今王呂氏非約也公羊傳曰孔父可謂義形於色矣主亡與亡末命是期主亡與亡已見任昉爲范雲立太宰碑表絳侯質木多略寡言漢書曰周勃爲人木強敦厚論語摘輔曰子然公順多略曾是忠勇惟帝攸歎漢書曰始呂后問宰相高祖曰安劉氏者必勃也雲鶩靈丘景逸上蘭平代禽豨奄有燕韓漢書曰陳豨反勃復擊豨靈丘破之斬豨定代郡九縣燕王盧綰反勃破綰軍上蘭定上谷右北平遼西遼東寧亂以武斃呂以權漢書曰高后崩呂產秉權欲危劉氏勃與丞相

平誅諸呂左傳樂桓子謂范宣子曰夫尅亂在權滌穢紫宮御帝太原漢書曰勃已滅
諸呂遂共迎立代王是爲孝文皇帝勃曰臣無功請得
除宮乃與太僕滕公入宮載少帝出乃奉天子法駕迎
皇帝代邸張衡羽獵賦曰開閶闔兮坐紫宮實惟太尉劉宗以安漢書曰惠帝以勃爲
太尉安劉氏已見上文挾功震主自古所難漢書蒯通說韓信曰功畧震主者身危
勳耀上代身終下藩漢書上曰丞相朕所重其爲朕率列侯之國乃免丞相就國薨舞
陽道迎延帝幽藪漢書曰陳勝初起蕭何曹參使噲求高祖迎立爲沛公范曄後漢書順帝
詔曰張揖竄亂迹幽藪宣力王室匪惟厥武捴干鴻門披闥帝宇聳
顔誚項掩淚悟主漢書曰項羽在鴻門亞父謀欲殺沛公樊噲聞事急乃持楯入曰沛公先
入定咸陽以待大王大王聽小人之言與沛公有隙臣
恐天下解心疑大王也項羽默然高祖嘗病惡見人卧
禁中詔戶者無得入羣臣噲乃排闥直入流涕曰始陛
下與臣等起豐沛定天下何其壯也今天下已定又何

僡也高帝笑而起尚書帝曰余欲宣力禮記子曰揔于而山立武王事也班固漢書賛曰金日磾以篤敬悟主忠信自著曲周之進于其哲兄俾率爾徒從王于征漢書曰酈食其進其弟商使將數千人從沛公略地漢書谷求謝王鳳曰察父哲兄覆育子弟誠無以加振威龍蜕攄武庸城六師寔因克荼禽縣漢書曰燕王荼反商以將軍從擊荼戰龍蜕破荼軍音義或曰龍脫地名也音奪漢書曰商又從擊縣布兩陳以破布軍又曰布軍與上兵遇蘄西上乃壁庸城鄧展曰地名也猗歟汝陰綽綽有裕毛詩曰猗與那與又曰此令兄弟綽綽有裕戎軒肇迹荷策來附漢書曰上降沛爲沛公以嬰爲太僕常奉車馬煩轡殆不釋擁樹皇儲時乂平城有謀漢書曰嬰從擊項籍漢王不利馳去見孝惠魯元載之漢王急馬罷取兩兒弃之嬰常收載行面擁樹馳晉灼曰今京師謂抱小兒爲擁樹漢書曰平城之難冒頓乃開一角高帝出欲馳嬰固請徐行弩皆持滿外鄉卒以得脫潁陰銳敏屢爲軍鋒

奮戈東城禽項定功漢書曰項籍敗垓下去嬰追籍至東城破之所將卒斬籍乘風藉鬱高步長江收吳引淮光啓于東漢書曰嬰渡江定吳還定淮北呂氏春秋曰順風而呼聲乃加疾所因便也左氏傳宋向戌曰光啓寡君群臣安矣陽陵之勳元帥是承漢書曰傅寬屬淮陰擊破齊歷下軍屬蜀丞相參殘博信武薄伐揚節江陵夷王殄國俾亂作懲漢書曰靳歙別定江陵身得江陵王致雒陽上林賦曰揚節上浮毛詩曰戎狄是膺荆舒是懲恢恢廣野誕節令圖進謁嘉謀退守名都東窺白馬北距飛狐即倉敖庾據險三塗漢書曰漢王數困滎陽成皐計欲捐成皐以東屯鞏雒以距楚酈食其曰願足下急進兵收取滎陽據敖庾之粟塞成皐之險杜太行之道距飛狐之口守白馬之津以示諸侯形制之勢則天下歸矣老子曰天網恢恢班固漢書述曰陳湯誕節救在三哲尚書曰爾有嘉謀嘉猷杜預左氏傳注曰三塗在河南陸渾縣南輶軒東踐漢風載

祖漢書曰燕趙已定唯齊未下上使酈食其說齊齊王田廣以爲然罷歷下兵守備身死于齊非說之辜漢書曰韓信聞食其下齊乃襲齊王齊王田廣聞漢兵至以爲食其賣己乃烹食其我皇寔念言祚爾孤漢書曰高祖舉功臣思食其封其子爲高梁侯建信委輅被褐獻寶漢書婁敬脫輅見虞將軍曰臣願見上言便宜事虞將軍欲與鮮衣敬曰臣衣帛衣帛見衣褐衣褐見不敢易衣虞將軍入言於上上召見指明周漢銓時論道移帝伊洛定都酆鎬漢書婁敬謂上曰陛下取天下與周異而都雒陽不便不如入關據秦之固是日車駕西都長安班固漢書婁敬述曰敬繇役夫還京定都聲類曰銓所以稱物也柔遠鎮邇寔敬攸考毛詩曰柔遠能邇以定我王爾雅曰考成也抑抑陸生知言之貫毛詩曰抑抑威儀維德之隅漢書武詔曰詩云九變復貫知言之選應劭曰言變政復禮合於先王舊貫選善也往制勁越來訪皇漢漢書曰中國初定尉他平南越因王之高祖使賈賜佗印爲南越王賈卒拜佗

爲南越王令稱臣奉漢約歸報高帝大悦爾雅曰訪謀也附會平勃夷凶翦亂漢書曰諸呂欲危劉氏陳平患之賈說平曰天下安注意於相危注意於將將相和天下雖有變權不分君何不交懽太尉深相結平乃以五百金爲絳侯壽太尉勃亦報如之則呂氏謀益壞及誅呂氏賈頗有力焉所謂伊人邦家之彦毛詩曰所謂伊人於焉逍遥又曰彼己之子邦之彦兮班固漢書王尊贊曰尊遵實赳赳邦家之彦百王之極舊章靡存班固漢書贊曰漢承百王之弊典引曰彝倫斁而舊章缺漢德雖朗朝儀則昏稷嗣制禮下肅上尊穆穆帝典煥其盈門風睎三代憲流後昆漢書叔孫通曰臣願徵魯諸生與臣弟子共起朝儀高帝曰得無難乎通曰臣願采古禮與秦儀雜就之上曰可其儀就皇帝輦出房諸侯王以下莫不震恐肅敬高帝曰今日知爲皇帝之貴也劇秦美新曰帝典闕而不補毛詩曰韓侯顧之爛其盈門包咸論語注云三代夏殷周也尚書曰垂裕後昆無知叡敏獨昭奇迹察倖蕭相貺同

師錫蕭何進韓信無知進陳平故曰倂也漢書曰陳平降漢因魏無知求見漢王後上封平平曰非魏無知臣安得進上乃賞魏無知尚書師錫帝曰有鰥在下曰虞舜

隨何辯達因資於敵紓漢披楚唯生之績漢書漢王曰孰爲我使淮南使之發兵背楚項王必留留數月漢之取天下可萬全隨何曰臣請使之往說布布歸漢毛詩曰鄷水東注惟禹之績

皤皤董叟謀我平陰三軍縞素天下歸心漢書曰漢王南渡平陰津至洛陽新城三老董公遮說漢王曰項王無道放殺其主三軍之衆爲之素服東伐四海之內莫不仰德此三王之舉也漢王曰善於是爲義帝發喪兵皆縞素擊楚之殺義帝者論語素王受命讖曰河受圖天下歸心

袁生秀朗沈心善照漢旆南振楚威自撓大略淵回元功響効邈哉惟人何識之妙漢書曰袁生說漢王曰願軍出武關項王必引兵南走王深壁令滎陽成皋閒且得休王乃復走滎陽如此則楚所備者多力分漢得休復與之戰破楚必矣漢王從其計出軍宛葉閒羽乃聞漢王在

宛果引兵南漢書司馬遷述曰大畧孔明史記太史公曰惟祖元功輔臣股肱紀信誑項軺軒是乘攝齊赴節用死孰懲身與煙消名與風興漢書曰項羽圍漢王滎陽將軍紀信曰事急矣臣請誑楚可以間出紀信乃乘王車黃屋左纛曰食盡漢王降楚皆之城東觀以故漢王得遯羽見紀信問漢王安在曰巳出去矣羽燒殺信論語曰攝齊升堂周苛慷慨心若懷冰應劭風俗通曰言人清高如冰之絜刑可以暴志不可凌漢書曰楚圍漢王滎陽急漢王出去而使苛守滎陽楚破滎陽欲令將苛罵曰若趣降漢漢王不然今爲虜矣項王怒烹苛貞軌偕没亮迹雙升謝承後漢書黃向對策曰雷陳義重出則雙升帝疇爾庸後嗣是膺漢書曰苛子成以父死王事封爲高景侯又曰襄平侯紀通尚符節張晏曰紀信子也晉灼曰紀信焚死不見其後功臣表曰襄平侯紀通父成以將軍從定三秦死王事子侯然則通非信子也機之此言與晏同誤也天地雖順王心有違毛詩曰行道遲遲中心有違懷親望楚

求言長悲侯公伏軾皇媼來歸是謂平國寵命有輝漢書曰漢遣陸賈説羽請太公羽弗聽漢復使侯公説羽羽歸太公媼漢書項羽傳曰歸漢王父母妻子漢書音義曰媼母別名也烏老切楚漢春秋曰上欲封侯公匿不肯復見曰此天下之辨士所居傾國故號平國君震風過物清濁效響文子曰昔堯之治天下也舜爲司徒契爲司馬禹爲司空后稷爲田疇奚仲爲工師是以離叛者寡聽從者衆若風之過簫忽然感之各以清濁應物也大人于興利在攸往周易曰巽小亨利有攸往利見大人引海者川崇山惟壤管子曰海不辭水故能成其大山不辭土故能成其高明主不厭人故能成其衆韶護錯音袞龍比象漢書曰舜作韶湯作護周禮王之吉服享先王即袞龍衣也左傳曰臧哀伯曰五色比象昭其物也明明衆哲同濟天網毛詩曰明明魯侯崔寔本論曰擧彌天之網以羅海内之雄劒宣其利鑒獻其朗廣雅曰鑒焰也鑑謂之鏡文武四充漢祚克廣尚書曰光被四表孔

安國曰光充也充溢四外也毛詩曰克廣德心悠悠遐風千載是仰

贊

東方朔畫贊一首 并序

夏侯孝若 臧榮緒晉書曰夏侯湛字孝若譙國人也美容儀才華富盛早有名譽與潘岳友善時人謂之連璧爲散騎常侍此贊爲當時所重

大夫諱朔字曼倩平原厭次人也漢書曰朔爲太中大夫又曰朔字曼倩平原厭次人漢書地理志無厭次縣而功臣表有厭次侯爰類疑地理誤也魏建安中范曄後漢書曰獻帝改興平三年爲建安元年今云魏疑誤也分厭次以爲樂陵郡故又爲郡人焉漢書平原郡有樂陵縣也事漢武帝漢書具載其事先生瓌瑋博達思周變通家語孔子曰老聃博古而達今王肅曰博達古今而好道周易曰化而裁之謂

之變推而行之謂之通又曰變通者趨時者也以爲濁世不可以富貴也故薄遊以取位王逸楚辭序曰不忍以清白久居濁世苟出不可以直道也故頡頏以傲世論語曰直道而事人解嘲曰鄒衍以頡頏而取世資傲世不可以垂訓也故正諫以明節家語南宮叔曰孔子作春秋垂訓後嗣班固漢書贊曰朔正諫似直明節不可以久安也故詼諧以取容班固漢書贊曰朔詼諧逢占其事浮淺字書曰詼嘲也口回切孔安國尚書傳曰諧和也史記太史公曰王翦偷合取容潔其道而穢其迹班固漢書贊曰朔穢德似隱清其質而濁其文弛張而不爲邪進退而不離羣禮記孔子曰一張一弛文武之道鄭玄曰張弛以弓弩喻人也班固漢書東方朔述曰弛張沈浮周易曰上下無常非爲邪也進退無常非離羣也若乃遠心曠度贍智宏材楊子雲解嘲曰雖其人之贍智倜儻博物觸類多能史記曰魯仲連好奇偉倜

儻之畫策左氏傳晉侯聞子產之言曰博物君子也周易曰觸類而長之論語太宰曰夫子聖者與何其多能也合變以明筭幽賛以知來周易曰夫爻者何也言乎變者也又曰幽賛於神明而生蓍又曰神以知來智以藏往自三墳五典八索九丘左氏傳曰左史倚相趍過王曰是良史也能讀三墳五典八索九丘陰陽圖緯之學百家衆流之論漢書曰陰陽家流者蓋出於羲和之官圖河圖也緯五緯也謝承後漢書曰尤明圖緯百家衆流巳見任昉策秀才文周給敏捷之辯支離覆逆之數莊子曰支離疏鼓策播糈足以食十人糈音所漢書曰上甞使諸數家射覆不能中使朔射之連中輙賜帛逆逆剌也經脉藥石之藝射御書計之術漢書曰醫經者原人血脉經絡而用度箴石湯火之所施調百藥齊和之所宜周禮曰六藝禮樂射御書數也乃研精而究其理不習而盡其功孔安國尚書序曰研精覃思易曰不習無不利經目而諷於口過耳而闇於心孔融薦禰

衡表曰目所一見輙誦於口耳暫聞不忘於心夫其明濟開豁包含引大凌轢卿相嘲哂豪桀籠罩靡前跆籍貴勢漢書曰張楚並與兵相跆籍蘇林曰跆音臺鄧展曰躡也出不休顯賤不憂戚戲萬乘若寮友視儔列如草芥十洲記曰朔弄萬乘傲王公孟子曰天下大悅而將歸己視之如草芥雄節邁倫高氣蓋世漢書項羽歌曰力拔山兮氣蓋世可謂拔乎其萃遊方之外者已孟子曰聖人之於人亦類也出於其類拔於其萃自生民以來未有盛於孔子也莊子曰子桑户孟子反子琴張三人相與友子桑户死未葬孔子聞之使子貢往侍事焉或編曲或鼓琴相和而歌子貢趨而進曰敢問臨户而歌禮乎二人相視而笑曰是惡乎知禮意子貢反以告孔子孔子曰彼遊方之外者也而丘也遊方之內者也司馬彪曰方常也言彼遊心於常教之外也談者又以先生噓吸冲和吐故納新蟬蛻龍變棄俗登仙莊子曰吹呴呼吸吐故納新此道引

之士養形之人也淮南子曰至人蟬蛻蛇遊忽然入冥史記趙高曰聖人龍變而從之列仙傳曰東方朔武帝時爲郎宣帝時棄去後見會稽**神交造化靈爲星辰**淮南子曰大丈夫恬然無爲與造化逍遥高誘曰造化天地也應劭風俗通曰東方朔是太白星精黄帝時爲風后堯時爲務成子周時爲老聃在越爲范蠡齊爲鴟夷子言其變化無常也**此又奇怪惚恍不可備論者也大人來守此國**此國謂樂陵也其父爲樂陵郡守史傳不載難得而知也**僕自京都言歸定省**京都洛陽也毛詩曰言告言歸禮記曰凡爲人子之禮昏定而晨省**覲先生之縣邑想先生之高風徘徊路寢見先生之遺像**楚辭曰馮翼遺像何以識之**逍遥城郭觀先生之祠宇慨然有懷乃作頌焉其辭曰**

矯矯先生肥遯居貞矯矯輕舉之貌也毛詩曰矯矯武臣周易曰肥遯無不利又曰居貞

之吉順以從上也退不終否進亦避榮周易曰物不可以終否故受之以同人臨世濯足希古振纓楚辭漁父歌曰滄浪之水清可以濯我纓滄浪之水濁可以濯我足涅而無滓既濁能清論語子曰涅而不緇老子曰孰能濁以靜之徐清淮南子曰濁而徐清沖而徐盈無滓伊何高明克柔尚書曰沈潛剛克高明柔克能清伊何視汙若浮班固東方朔述曰懷肉汙殿弛張浮沈樂在必行處淪罔憂周易曰樂則行之憂則違之跨世凌時遠蹈獨遊瞻望往代爰想遐蹤邈邈先生其道猶龍莊子曰孔子見老聃而弟子問曰夫子見老聃亦何規哉孔子曰吾乃於是乎見龍合而成體散而成章乘乎雲氣而養乎陰陽余口張而不能嗋予有何規於老聃哉染迹朝隱和而不同史記東方朔曰如朔所謂避俗於朝廷間也論語子曰君子和而不同棲遲下位聊以從容毛詩曰或棲遲偃仰孟子曰居下位而不獲於上不可得而治也尚書曰寬而

有制從容以和我來自東言適茲邑茲邑謂樂陵也毛詩曰我來自東零雨其濛爾雅曰適往也敬問墟墳企佇原隰王仲宣贈蔡子篤詩曰允企伊佇墟墓徒存精靈永戢民思其軌祠宇斯立徘徊寺寢遺像在圖周旋祠宇庭序荒蕪爾雅曰東西牆謂之序榱棟傾落草萊弗除呂氏春秋曰農夫弗除肅肅先生豈爲是居是居弗形悠悠我情悠悠已見上文昔在有德罔不遺靈天秩有禮神監孔明尚書咎繇曰天秩有禮自我五禮五庸哉毛詩曰祀事孔明彷彿風塵用垂頌聲

三國名臣序贊一首

袁彥伯檀道鸞晉陽春秋曰袁宏字彥伯陳郡人爲大司馬府記室叅軍稍遷至吏部郎出爲東陽郡守卒

夫百姓不能自治故立君以治之漢書成帝詔曰天生衆民不能相治爲之

立君以統理之明君不能獨治則爲臣以佐之墨子曰古者同天之義是故選擇賢者立爲天子天子以其知力爲未足獨治天下是以選擇其次立爲三公然則三五迭隆歷世承基史記楚子西曰孔丘述三五之法明周召之業西京賦曰若歷世而長存又曰繼體承基揖讓之與干戈文德之與武功孔叢子曾子謂子思曰舜禹揖讓湯武用師非相詭乃時也尚書武王曰稱爾戈比爾干宋均樂動聲儀注曰武象象伐時用干戈也莫不宗匠陶鈞而羣才緝熙鄧析子曰聖人逍遥一世閒宰匠萬物之形漢書鄒陽上書曰聖王制世御俗獨化於陶鈞之上音義曰陶家名模下圓轉爲鈞毛詩曰維清緝熙元首經略而股肱肆力尚書咎繇歌曰元首明哉股肱良哉遭離不同迹有優劣王命論曰遭遇異時禪代不同孝經鈎命決曰俱在隆平優劣殊迹至於體分冥固道契不墜言至於君臣之體分既固於冥兆上下之契亦存而不墜風美所扇訓革千載其揆一也

蒼頡篇曰華戒也孟子曰先聖後聖其揆一也故二八升而唐朝盛伊呂用而湯武寧舜舉八元八愷用之於堯時也成湯得伊尹武王得呂望而社稷安也三賢進而小白興五臣顯而重耳霸三賢管仲鮑叔牙隰朋也五臣狐偃趙衰顛頡魏武子司空季子中古淩遲斯道替矣居上者不以至公理物爲下者必以私路期榮御圓者不以信誠率衆執方者必以權謀自顯呂氏春秋曰天道圓地道方聖人之所以立上下主執圓臣處方方圓不易國乃昌高誘曰上君也下臣也於是君臣離而名教薄世多亂而時不治故蘧甯以之卷舒柳下以之三黜論語子曰君子哉蘧伯玉邦有道則仕邦無道則可卷而懷之又曰甯武子邦有道則智邦無道則愚又曰柳下惠爲士師三黜之接輿以之行歌魯連以之赴海論語楚狂接輿歌而過孔子史記曰魯連子下聊城田單歸而欲爵之魯

連逃隱於海上褎世之中保持名節君臣相體若合符契則燕昭樂毅古之流也魏志董昭謂太祖曰明公樂保名節論語比考讖曰君子上達與天合符劇秦美新曰地合靈契史記曰樂毅賢好兵爲魏昭王使於燕燕昭王以客禮待之樂毅遂委質爲臣燕王以爲亞卿夫未遇伯樂則千載無一驥戰國策楚客謂春申君曰昔者騏驥駕鹽車上吴坂遷延負轅而不能進見伯樂仰而鳴之知伯樂知己也時值龍顏則當年控三傑漢書曰高祖隆準而龍顏應劭曰顏額顙也漢書上曰夫運策於帷幄之中決勝於千里之外吾不如子房鎮國家撫百姓給饋餉不絕粮道吾不如蕭何連百萬之軍戰必勝攻必取吾不如韓信三者皆人傑也漢之得材於斯爲貴高祖雖不以道勝御物羣下得盡其忠蕭曹雖不以三代事主百姓不失其業靜亂庇人抑亦其次左氏傳宰孔謂晉侯曰君務靜亂無勤於行又劉子謂趙孟曰盍遠續禹功而大庇

民論語子曰抑亦可以爲次也夫時方顛沛則顯不如隱萬物思治則默不如語毛詩序曰下泉思治也周易曰君子或默或語是以古之君子不患引道難遭時難遭時匪難遇君難論語子曰人能引道非道引人莊子謂魏王曰士有道德而衣弊履穿此所謂非遭時者也文子老子曰欲治之主不世出可與之臣不萬一以不世出求不萬一此至化所以千載不一也故有道無時孟子所以咨嗟有時無君賈生所以垂泣孟子曰齊人有言雖有智慧不如乘勢雖有鎡基不如待時漢書賈誼上疏曰臣竊惟事勢可爲流涕者二夫萬歲一期有生之通塗桓子新論曰夫聖人乃千載一出然此文去萬歲一期蓋甚言之以避下文也莊子曰萬世之後而遇大聖知其解者是旦暮遇之也千載一遇賢智之嘉會東觀漢記太史官曰耿況彭寵俱遭際會順時承風列爲蕃輔忠孝之策千載一遇也傅奕論曰誠千載之嘉會百世之良遇也周易曰亨者嘉之會也遇之不

能無欣喪之何能無慨古人之言信有情哉余以暇日常覽國志考其君臣比其行事雖道謝先代亦異世一時也文若懷獨見之明而有救世之心（文子曰必有獨見之明然後能擅道而行左氏傳子產曰吾以救世）論時則民方塗炭計能則莫出魏武（尚書曰有夏昏德民墜塗炭）故委面霸朝豫議世事舉才不以標鑒故久之而後顯籌畫不以要功故事至而後定雖亡身明順識亦高矣董卓之亂神器遷逼（老子曰天下神器不可爲也爲者敗之）公達慨然志在致命（論語子張曰士見危致命）由斯而談故以大存名節至如身爲漢隸而迹入魏幕源流趣舍其亦文若之謂所以存亡殊致始終不同將以文若既明名教

有寄乎言文若殞身既明仁義之道且寄迹於名教之地也夫仁義不可不明則時宗舉其致莊子曰仁義已明而分守次之生理不可不全故達識攝其契鶡鶡賦曰生生之理足矣相與引道豈不遠哉引道已見上文崔生高朗折而不撓管子曰夫玉溫潤以澤仁也折而不撓勇也所以策名魏武執笏霸朝者蓋以漢主當陽魏后北面者哉鍾會與吳主書曰執笏之心載在名策左傳甯武子曰諸侯朝正於王王宴樂之於是乎賦湛露則天子當陽諸侯用命也禮記曰君之南鄉荅陽之義也臣之北面荅君也若乃一旦進璽君臣易位漢書曰羣臣謹奉天子璽符代王遂即天子位則崔子所不與魏武所不容夫江湖所以濟舟亦所以覆舟孫卿子孔子曰君者舟也人者水也水則載舟亦能覆舟仁義所以全身亦所以亡身然而先賢玉摧於前來哲攘袂

於後仁義已見上文漢書公孫玃曰攘袂而正議者獨大王耳豈非天懷發中而名教束物者乎孔明盤桓俟時而動遐想管樂遠明風流蜀志曰諸葛亮每自比於管仲樂毅時人莫之許也唯博陵崔叔平潁川徐元直與亮友善謂爲信然周易曰君子藏器於身待時而動琴賦曰體制風流莫不相襲治國以禮民無怨聲論語曰爲國以禮孝經援神契曰得萬國之懽心人說喜無怨聲刑罰不濫沒有餘泣蜀志曰廖立爲長水校尉誹謗先帝於是廢立爲庶人徙汶山郡聞諸葛亮卒垂泣曰吾終爲左衽矣左傳聲子曰善爲國者賞不僭而刑不濫雖古之遺愛何以加茲左氏傳曰子產卒仲尼聞之出涕曰古之遺愛也及其臨終顧託受遺作相劉后授之無疑心武侯處之無懼色繼體納之無貳情百姓信之無異辭君臣之際良可詠矣蜀志曰先主於永安病篤召亮成都屬以後事謂亮曰若嗣子可輔輔之

如其不才君可自取亮涕泣曰臣敢竭股肱之力繼之以死又勑後主汝與丞相從事事之如父尚書曰成王將崩作顧命班固漢書述曰愽陸堂堂受遺武皇春秋元命苞曰繼體守文之君不害聖人之王公瑾卓爾逸志不羣總角料主則素契於伯符吳志曰孫策字伯符江表傳策令曰周公瑾與孤有總角之好骨肉之分毛詩曰總角丱兮晚節曜奇則參分於赤壁吳志曰曹公入荆州權遂遣周瑜與備并力逆曹公遇於赤壁初一交戰公軍披退惜其齡促志未可量吳志曰瑜還江陵於道疾卒時年三十六子布佐策致延譽之美國語曰使張老延君譽于四方輟哭止哀有翼戴之功吳志曰策薨以事授權權哭未及息張昭謂權曰孝廉此寧哭時耶乃扶權上馬使出巡軍士左氏傳叔向謂宣子曰文之伯也翼戴天子神情所涉豈徒蹇愕而已哉周易曰王臣蹇蹇匪躬之故史記趙良謂商君曰千人諾諾不如一士之愕愕東觀漢記戴馮謝上曰臣無蹇愕之節而有狂瞽之言字書曰愕直言也然

而杜門不用登壇受譏吴志曰權以公孫淵稱蕃遣張彌至遼東拜淵爲燕王昭諫權不聽昭忿言不用稱疾不朝權恨之土塞其門昭又於内以土封之江表傳曰權既即尊位請會百官歸功周瑜昭舉笏欲褒贊功德未及言權曰如張公計今已乞食矣昭大慙伏地流汗然而登壇即位之時也夫一人之身所照未異而用舍之間俄有不同論語子曰用之則行舍之則藏況沇迹溝壑遇與不遇者乎漢書高祖功臣頌曰沇迹中鄉孟子曰志士不忘在溝壑漢書曰楊雄以爲遇不遇命也夫詩頌之作有自來矣家語孔子曰諸侯之有冠禮有自來矣或以吟詠情性或以述德顯功子夏毛詩序曰國史明乎得失之迹吟詠情性以風其上頌者美盛德之形容以其成功告於神明者也雖大旨同歸所託或乖若夫出處有道名體不滯風軌德音爲世作範不可廢也故復撰序所懷以爲之讚云魏志九人蜀

志四人吴志七人荀彧字文若諸葛亮字孔明周瑜字公瑾荀攸字公達龐統字士元張昭字子布袁煥字曜卿蔣琬字公琰魯肅字子敬崔琰字季珪黄權字公衡諸葛瑾字子瑜徐邈字景山陸遜字伯言陳羣字長文顧雍字元歎夏侯玄字泰初虞翻字仲翔王經字承宗陳泰字玄伯

火德既微運纏大過火德謂漢也班固漢書高紀贊曰旗幟尚赤協于火德周易曰大過大者過也洪飈扇海二溟揚波揚波喻亂也虬虎雖驚風雲未和周易曰雲從龍風從虎潛魚擇淵高鳥候柯周書曰美爲士者飛鳥歸之蔽於天魚鼈歸之沸於淵左氏傳曰仲尼曰鳥則擇木木豈能擇鳥赫赫三雄並迴乾軸潘岳爲賈

謚贈陸機詩曰三雄鼎足競收杞梓爭采松竹國語聲子謂子木曰若杞梓皮革楚實遺之韋昭曰杞良才也孫子曰真人在冬則松竹也鳳不及棲龍不暇伏谷無幽蘭嶺無亭菊香草善鳥皆喻賢也莚英文若靈鑒洞照應變知微探賾賞要周易曰君子知微知章又曰探賾索隱鉤深致遠日月在躬隱之彌曜莊子曰孔子圍於陳蔡之間太公往弔之曰子甚文者脩身以明汙昭昭乎如揭日月而行故不免也文明映心鑽之愈妙孫卿子曰君子通則文而明窮則約而詳論語顏淵曰鑽之彌堅滄海橫流玉石同碎孟子曰當堯之時洪水橫流尚書曰火炎崑崗玉石俱焚達人兼善廢己存愛孟子曰古人窮則獨善其身達則兼善天下謀解時紛功濟宇內老子曰解其紛始救生人終明風槩魏志曰太祖進彧爲漢侍中守尚書令董昭等謂太祖宜進爵國公九錫備物以彰殊勳密以咨彧彧以爲太祖本興義兵以匡朝寧國君子愛人以德不宜

如此太祖軍至濡須彧病留壽春魏氏春秋曰太祖饋彧食發之乃空器也於是飲藥而卒

公達潛朗思同蓍蔡法言曰樗里之智也使知國若葬吾以疾爲蓍蔡也運用無方動攝羣會爰初發迹遺此顛沛神情玄定處之彌泰魏志曰荀攸與議郎何顒等謀殺卓垂就而覺收顒攸繫獄顒憂懼自殺攸言語飲食自若會卓死得免班固漢書述曰子明光光發迹西疆蔡邕楊復碑曰景命不延遺此顛沛愔愔幕裏筭無不經魏志荀攸自從太祖征伐常謀謨帷幄時人及子弟莫知其所言左氏傳右尹華曰祈昭之愔愔亹亹通韻迹不暫停雖懷尺璧顧哂連城史記趙惠文王得和氏璧秦昭王聞之使人遺趙王書願以十五城易璧知能拯物愚足全生魏志曰魏國初建攸爲尚書令從征孫權薨太祖每稱公達外愚内智外怯内勇外弱内強不伐善無施勞知可及愚不可及新序温斯子曰古者有愚以全身莊子曰可以全生郎中温雅器識純素魏志曰魏國初建渙爲郎中令莊子曰聖人貴純

素之道唯神是守素也者謂其無所雜也純也者謂其不虧其神也能體純素謂之真人貞而不諒通而能固論語子曰君子貞而不諒恂恂德心汪汪軌度論語曰孔子於鄉黨恂恂如也毛詩曰濟濟多士克廣德心范曄後漢書郭林宗曰黃叔度汪汪若萬頃之陂志成弱冠道敷歲暮禮記曰人生二十曰弱冠韓詩曰蟋蟀在堂歲聿其暮薛君曰言君之年歲已晚也仁者必勇德亦有言論語子曰有德者必有言仁者必有勇雖遇履虎神氣恬然魏志曰呂布擊袁術於阜陵渙往從之遂復爲布所拘留布初與劉備和親後離隙布欲使渙作書罵辱備渙不可再三強之不許布大怒以兵脅渙曰爲之則生不爲則死渙顔色不變笑而應之曰渙聞唯德可以辱人不聞以罵使彼固君子耶且不耻將軍之言彼誠小人耶將復將軍之意則辱在此不在於彼且渙佗日之事劉將軍猶今日之事將軍也如一旦一去此復罵將軍可乎布慙而止周易曰履虎尾不咥人亨列子曰至人者神氣不變行不脩飾名迹無愆班固漢書贊曰雋不疑遂立名迹終始可述

操不激切素風愈鮮邈哉崔生體正心直天骨疎朗牆宇高嶷蔡邕度侯碑曰朗鑒出於自然英風發於天骨論語子貢曰夫子之牆數仞忠存軌迹義形風色義形於色已見上文思樹芳蘭剪除荆棘芳蘭以喻君子荆棘以喻小人人惡其上時不容哲左氏傳曰伯宗之妻曰盜憎主人民惡其上琅琅先生雅杖名節雖遇塵霧猶振霜雪孔融薦祢衡表曰忠果正直志懷霜雪運極道消碎此明月魏志曰炎爲中尉太祖爲魏王楊訓發表褒述盛德炎取訓表草視之與訓書有白炎此書傲世怨謗者太祖怒於是罰炎爲徒隸使人視之辭色無撓太祖遂賜炎死周易曰小人道長君子道消景山恢誕韻與道合桓子新論曰老子其心玄遠而與道合形器不存方寸海納周易曰形乃謂之器王輔嗣曰成形曰器列子文摯謂叔龍曰吾見子之心矣方寸之地虛矣和而不同通而不雜和而不同已見上文莊子曰純粹而不雜

遇醉忘辭，在醒貽荅。魏志曰：太祖時科禁斷酒，而徐邈私飲至於沈醉。校事趙達問以曹事，邈曰中聖人。達白太祖，甚怒。度遼將軍鮮于輔進曰：平日醉客謂酒清者爲聖人，濁者爲賢人。邈性循慎，偶醉言耳。竟坐免刑。文帝踐祚，歷潁川典農中郎將。車駕幸許昌，問邈曰：頗復中聖人不？邈對曰：昔子反斃於穀陽，御叔罰於飲酒。臣嗜同二子，不能自懲，時復中之。然宿瘤以醜見傳，臣以醉見識。帝大笑，顧左右曰：名不虛立。後爲光祿大夫，薨。長文通雅，義格終始。思戴元首，擬伊同耻。尚書曰：昔先正保衡作我先王，乃曰：予弗克俾厥后惟堯舜，其心愧耻，若撻于市。民未知德，懼若在己。嘉謀肆庭，讜言盈耳。魏書曰：群前後數陳得失，爲司空，録尚書事，薨。尚書曰：爾有嘉謀。漢書成帝曰：久不見班生，今日復聞讜言。論語子曰：洋洋乎盈耳哉。玉生雖麗，光不踰把。德積雖微，道映天下。言德喻玉。淵哉泰初，宇量高雅。器範自然，標準無假。全身由直，迹洿必僞。處死匪難，理存則易魏志曰：曹爽見誅，徵夏侯玄爲大鴻臚，數年徙太常。中書令李豐謀欲以玄輔政，誅大將軍，以玄代之。大將軍微聞事，下廷尉，玄臨斬東市，顏色不變，舉動自若。班固漢書楊雄述曰：淵哉若人，實好斯文。史記太史公曰：非死者難，處死者難。

萬物波蕩，孰任其累？六合徒廣，容身靡寄。范曄後漢書李熊說公孫述曰：方今四海波蕩，匹夫横議。荀悅漢紀論曰：以六合之大，一身之微，而匹夫無所容，豈不哀哉。

君親自然，匪由名教。敬授既同，情禮兼到。孝經曰：資於事父以事母而愛同，資於事父以事君而敬同。

烈烈王生，知死不撓。求仁不遠，期在忠孝。漢魏春秋曰：魏帝見威權日去，不勝其忿，乃召侍中王沈、尚書王經、散騎常侍王素，謂曰：司馬昭之心，路人所知也。吾不能坐受廢辱，今日當與卿自出討之。世語曰：王沈、王業馳告文王，尚書王經以正直不出，遂被文王殺之。魏志曰：清河王經，甘露中爲尚書，坐高貴鄉公事誅。裴松之曰：經字彥緯，今云承宗，蓋有二字也。班固漢書述曰：樂昌篤實，不撓不詘。論語子曰：仁遠乎哉？我欲仁，斯仁至矣。

玄伯

剛簡大存名體志在高構增堂及陛漢書賈誼上書曰人主之尊譬如堂群臣如陛故陛九級上廉遠地則堂高陛亡級廉近地則堂卑高者難攀卑者易凌理勢然也端委虎門正言彌啓臨危致命盡其心禮干寶晉紀曰高貴鄉公之弑司馬文王會朝臣謀其故太常陳泰垂涕入文王待之曲室謂曰玄伯卿何以處我對曰誅賈充以謝天下文王曰爲吾更思其次泰言唯有進於此不知其次文王乃久不言爲侍中轉左僕射薨左氏傳曰晏平仲端委立於虎門之外見危致命巳見上文堂堂孔明基宇宏邈堂堂巳見上文器同生民獨禀先覺孟子曰伊尹曰天之生斯人使先覺覺後覺也予天民之先覺者也標牓風流遠明管樂孫綽子曰聖賢極其標牓有大力矣管樂巳見序也初九龍盤雅志彌確周易曰初九潛龍勿用何謂也子曰龍德而隱者也確乎其不可拔潛龍也方言曰未升天之龍謂之蟠龍百六道喪干戈迭用漢書陽九厄曰初入百六陽九音義曰易傳所謂陽九之厄百六之

會者也苟非命世孰掃雰雺孟子曰五百年必有王者興其間必有名世者廣雅曰命名也爾雅曰天氣下地氣不應曰雺孔安國尚書傳曰雺陰氣也武功切今協韻音夢宗子思寧薄言解控蜀志曰劉備漢景帝子中山靖王後也故曰宗子也解控謂彼有急而控告於己己能解之也左氏傳王子伯駢曰無所控告杜預曰控引也釋褐中林鬱爲時棟亮爲丞相故曰時棟袁崧後漢書鄭林宗與陳留盛仲明書曰足下諸人爲時棟梁士元引長雅性內融謝承後漢書曰嚴遵雅性高厲崇善愛物觀始知終孟子曰親親而仁民仁民而愛物六韜曰聖人見其所始則知其所終周易曰終以知始始以知終喪亂備矣勝塗未隆先生標之振起清風胡廣書曰建洪德流清風綢繆哲后無妄惟時毛詩曰綢繆束薪毛萇曰綢繆猶纏緜也周易曰無妄之行窮之災也夙夜匪懈義在緝熙毛詩曰夙夜匪懈以事一人緝熙已見上文三略既陳霸業已基蜀志曰劉璋既還成

都先主當爲璋北征漢中統說曰陰選精兵晝夜兼道徑襲成都璋既不武素無備豫大軍卒至一舉便定此上計也楊懷高沛璋之名將各杖強兵據守關頭聞數有牋諫璋使發遣將軍還荆州將軍未去遣與相聞說荆州有急欲還救之並使裝束外作歸形此二子既服將軍英名又喜將軍之去必乘輕騎來見將軍因此執之進取其兵乃向成都此中計也退還白帝連引荆州徐還圖之此下計也若沈吟不去將致大困不可久矣先主然其中計即斬懷沛還向成都所過輙尅爲軍中郎將卒

公琰殖根不忘中正豈曰摸擬實在雅性亦既羈勤負荷時命推賢恭已久而可敬蜀志曰琬爲大將軍録尚書事卒司馬遷書曰推賢進士爲務論語子曰君子其行己也恭又曰晏平仲善與人交久而敬之

公衡仲達秉心淵塞毛詩曰秉心塞淵

媚茲一人臨難不惑毛詩曰媚茲一人應侯順德

疇昔不造假翮鄰國蜀志先主將東伐吴權諫曰吴人悍戰又水戰順流進易退難臣請爲先驅以當寇陛下宜爲後鎮先主不從以權爲鎮北將

軍督江北軍先主自在江南吳將陸議乘虛斷圍南軍敗績先主引退而道隔權不得還故率將所領降于魏拜鎮南將軍進能徽音退不失德蜀志曰魏文帝謂權曰君舍逆効順欲追蹤陳韓耶權對曰臣過受劉氏殊遇降吳不可還蜀無路是以歸命且敗軍之將獲免爲幸何古人之可慕先主薨問至魏群臣咸賀權獨否後爲車騎將軍卒六合紛紜民心將變鳥擇高梧臣須顧眄鳥擇木已見上文公瑾英達朗心獨見披草求君定交一面崔寔本論曰且觀世人之相論也徒以一面之交定臧否之決桓桓魏武外託霸迹志掩衡霍恃戰忘敵衡霍二山在吳之境卓卓若人曜奇赤壁三光參分宇宙暫隔淮南子曰夫道紘宇宙而章三光高誘曰三光日月星也子布擅名遭世方擾撫翼桑梓息肩江表吳志曰張昭彭城人也漢末大亂徐方士民多避難楊土昭南渡江孫策創業命昭爲良史撫軍中郎將升堂拜母如比肩之舊文武之事一以委

昭班固漢書述曰攜手遯秦撫翼俱起毛詩曰惟桑與梓必恭敬止左氏傳鄭成公子駟曰請息肩于晉王略威夷吳魏同寶應瑒釋賓曰九有威夷始失其政遂獻宏謨匡此霸道史記商鞅曰吾説孝公以霸道其意欲之桓王之薨大業未純把臂託孤惟賢與親吳志曰孫策臨亡弟權託昭昭率群寮立而輔之東觀漢記張堪把朱暉臂曰欲以妻子託朱生輟哭止哀臨難忘身成此南面寔由老臣吳志張昭謂權曰昔太后桓王不以老臣屬陛下而以陛下屬老臣才爲世出世亦須才蘇武荅李陵書曰每念足下才爲世生器爲時出得而能任貴在無猜昂昂子敬拔迹草萊荷檐吐奇乃構雲臺吳志曰初肅見權説權曰爲將軍計惟有鼎足江東以觀天下之釁然後建號帝王以圖天下陸機謝平原表曰振影拔迹莊子曰農夫無草萊之事淮南子曰雲臺之高高誘曰高際於雲故曰雲臺子瑜都長體性純懿諫而不犯正而不

毅都長謂體貌都閑而雅性長厚也謝承後漢書曰朱皓德行純懿禮記曰事親有隱而無犯鄭玄曰無犯顔色諫也論語曰事父母幾諫將命公庭退忘私位吳志曰建安二十年權遣使蜀通好劉備與弟亮但公會相見無私面論語曰將命者出毛詩曰公庭萬舞豈無鶺鴒固慎名器毛詩曰鶺鴒在原兄弟急難左氏傳仲尼曰惟器與名不可以假人伯言謇謇以道佐世謇謇已見上文出能勤功入能獻替國語史黯謂趙簡子曰夫事君者諫過而賞善薦可而替不獻能而進賢謀寧社稷解紛挫鋭老子曰挫其鋭解其紛正以招疑忠而獲戾吳志曰遜爲丞相太子有不安之議遜上疏陳太子正統宜有盤石之固魯王藩臣當使寵秩有差彼此得所上下獲安謹叩頭流血以聞書三四上太傅吳粲坐數與遜交書下獄死權累遺中使責讓遜遜憤恚致卒元歎穆遠神和形檢如彼白珪質無塵玷毛詩曰白圭之玷尚可磨也斯言之玷不可爲也東觀漢記杜詩薦伏湛曰自行束脩訖無毁玷立上

以恒匡上以漸吴志曰雍訪及政職所宜輙密以聞若見納用則歸之上不用終不宣泄周易曰君子以言有物而行有恒清不增潔濁不加染言得清濁之宜也清濁已見上文

仲翔高亮性不和物吴志曰翻性不協俗多見毀謗好是不羣折而不屈屢摧逆鱗直道受黜吴志曰翻數犯顔諫諍權不能悦權與張昭論及神仙翻指昭曰彼皆死人而語神仙俗豈有仙人也權積怒非一遂徙翻交州班固漢書贊曰大雅卓爾不羣韓子曰龍之爲蟲也擾柔可狎而騎然其喉下有逆鱗徑寸之處若嬰之則殺人人主有逆鱗説者嬰之則不幾矣論語栁下惠曰直道而事人焉往而不三黜嘆過孫陽放同賈屈楚辭曰驥躊躇於弊輦兮遇孫陽而得代王逸曰孫陽伯樂姓名也孔叢子子高對魏王曰騖驥同轅伯樂爲之咨嗟玉石相糅和氏爲之歎息漢書曰天子以賈誼任公卿之位絳灌之屬害之乃毀誼天子亦踈之以誼爲長沙王太傅誼既適去意不自得及度湘水爲賦以弔屈原屈原楚賢臣也被讒放逐作離騷誼追傷之因以自諭詵詵衆賢

千載一遇毛萇詩傳曰詵詵衆多也使陳切千載一遇已見上文整轡高衢驤首天路鸎鵡賦曰蓐收整轡登樓賦曰假高衢而騁力鄒陽上書曰蛟龍驤首奮翼枚乘樂府詩曰天路隔無期仰挹玄流俯引時務毛萇詩傳曰挹㪺也名節殊塗雅致同趣周易曰殊塗同歸嵇康贈秀才詩曰仰慕同趣日月麗天瞻之不墜周易曰日月麗乎天禮記曰夫日月星辰所以瞻仰也非此族也不在祀典呂氏春秋曰德行昭美比於日月不可息也仁義在躬用之不匱論語比考讖曰仁義在身行之可強毛詩曰孝子不匱毛萇曰匱竭也尚想重暉載挹載味羊秀衛公誄曰仰睎遐風重暉冠世後生擊節懦夫增氣魏畧王朗荅太祖曰承旨之日撫掌擊節孟子曰聞伯夷之風者貪夫廉懦夫有立志

文選卷第四十七

賜進士出身通奉大夫江南蘇松常鎮太等處承宣布政使司布政使胡克家重校刊

文選卷第四十八

梁昭明太子撰

文林郎守太子右内率府録事參軍事崇賢館直學士臣李善注上

符命

司馬相如封禪文一首

揚子雲劇秦美新一首

班孟堅典引一首

封禪文一首

司馬長卿 史記曰長卿病甚武帝使所忠往求其書及至長卿已卒其妻曰長卿未死時爲一卷書曰有使来求書奏之其遺札書言封禪事所忠奏言

伊上古之初肇自昊穹兮生民張揖曰昊穹春夏天名郭璞爾雅注曰伊發語辭也歷選列辟以迄於秦文穎曰選數也辟君也率邇者踵武逖聽者風聲漢書音義曰率循也邇近也踵蹈也武迹也逖遠也近者蹈其迹遠者聽其風聲紛綸威蕤湮滅而不稱者不可勝數張揖曰紛綸亂貌善曰湮沒也勝盡也繼韶夏崇號謚略可道者七十有二君文穎曰韶明也夏大也德明大相繼封禪於泰山者七十有二人也管子曰封太山禪梁父者七十有二家罔若淑而不昌疇逆失而能存應劭曰罔無也若順也淑善也疇誰也服虔曰無有始善而後不昌者又無逆失而能存之者罔與冈同軒轅之前遐哉邈乎其詳不可得聞已五三六經載籍之傳維風可觀也漢書音義曰五五帝也三三王也經籍所載善惡可知也書曰元首明哉股肱良哉尚書益稷之文也因斯以談君莫盛

於唐堯臣莫賢於后稷后稷創業於唐堯漢書音義曰唐堯之世播殖百穀公劉發迹於西戎漢書音義曰公劉后稷曾孫文王改制爰周郅隆大行越成文穎曰郅至也行道也文王始開王業改正朔易服色太平之道於是成也如淳曰越於也而後陵遲衰微千載亡聲鄭氏曰無聲無有惡聲也豈不善始善終哉漢書音義曰美周家終始相副若一也莊子曰善始善終人猶効之然無異端慎所由於前謹遺教於後耳言周之先王創制垂業既慎其規模又謹其遺教也故軌迹夷易易遵也夷易皆平也言周之軌迹平易易可遵奉也二易並盈豉切湛恩厖鴻易豐也湛深也厖鴻皆大也言湛恩廣大易可豐厚也湛音沈厖莫江切憲度著明易則也垂統理順易繼也張揖曰垂懸也統緒也理通也文王重易六爻窮理盡性懸於後世其道和順易續而明孔子得錯其象而彖其辭是以業隆於繈緥而崇

冠於二后孟康曰繼緒謂成王也二后謂文武也周公輔成王以致太平功德冠於文武者遵法易故揆厥所元終都攸卒張揖曰都於也卒終也爾雅曰元始也未有殊尤絶迹可考於今者也然猶躡梁父登泰山建顯號施尊名顯號尊名謂封禪也大漢之德逢涌原泉沕潏曼羡張揖曰逢遇也喻其德盛若遇原泉之涌出也服虔曰潏泉貌徐廣曰沕没也士必切音義或曰曼羡廣散也旁魄四塞雲布霧散張揖曰旁魄布衍也魄音薄上暢九垓下泝八埏孟康曰暢達也垓重也泝流也埏若羌埏地之八際也言其德上達於九重之天流於地之八際懷生之類沾濡浸潤懷生氣之類皆被恩澤協氣橫流武節猋逝協氣和氣也橫流多也猋逝遠也邇陿遊原遐闊泳沫孟康曰邇近也原本也遐遠也闊廣也泳浮也恩德比之於水近者游其原遠者浮其沫首惡鬱没晻昧昭晰孟康曰始爲惡者皆湮滅晻昧喻夷

狄皆化之也穀梁傳曰諸侯不首惡昆蟲闓澤迴首面内文穎曰闓澤皆樂也韋昭曰面向也闓音愷澤音驛然後囿騶虞之珍羣言騶虞之羣在於苑囿之中毛萇詩傳曰騶虞義獸有至信之德則應也徼麋鹿之怪獸漢書音義曰徼遮也遮麋鹿得其奇怪者謂獲白麟也導一莖六穗於庖鄭玄曰導擇也一莖六穗謂嘉禾之米於庖廚以供祭祀犧雙觡共柢之獸服虔曰犧牲也觡角也柢本也武帝獲白麟角共一本用以爲牲獲周餘珍放龜于岐文穎曰周放畜餘龜於沼池之中至漢得之於岐山之旁龜能吐故納新千歲不死招翠黃乘龍於沼漢書音義曰翠黃乘黃也龍翼馬身黃帝乘之而仙言見乘黃而招呼之也禮樂志曰訾黃其何不來下余吾渥洼水中出神馬故言乘龍於沼鬼神接靈圉賓於閒館文穎曰是時上求神仙之人得上郡之巫長陵女子能與鬼神交接療病輒愈置於上林苑中號曰神君有似於古靈圉禮待之於閒館舍中奇物譎詭俶儻窮變漢書音義或曰俶儻

卓異也奇偉之物譎詭非常卓然絕異窮極事變欽哉符瑞臻茲猶以爲德薄不敢道封禪蓋周躍魚隕航休之以燎應劭曰航舟也休美也尚書旋機鈐曰武得兵鈐誅東觀白魚入舟俯取魚以燎也微夫此之爲符也以登介丘不亦恧乎服虔曰介大丘也言周以白魚爲瑞登泰山封禪不以慙乎小雅曰心慙曰恧女六切進讓之道何其爽歟張揖曰進周也讓漢也爽差也言周未可封禪爲進漢可封禪而不爲爲讓於是大司馬進曰陛下仁育羣生義征不譓音惠文穎曰大司馬上公也故先進議譓順也諸夏樂貢百蠻執贄德侔往初功無與二休烈浹洽符瑞衆變期應紹至不特創見文穎曰不獨一物造見也創初創也意泰山梁甫設壇場望幸蓋號以況榮漢書音義曰意者言太山梁甫設壇場望帝封禪紀號以表榮名也望幸望帝之臨幸也蓋者發語之辭也陛

下謙讓而弗發（文穎曰弗發往意）挈三神之歡缺王道之儀（應劭曰挈絕也李奇曰缺闕也韋昭曰三神上帝太山梁父也）羣臣恧焉或曰且天爲質闇示珍符固不可辭（孟康曰天道質昧以符瑞見意不可辭讓）若然辭之是泰山靡記而梁甫罔幾也（漢書音義曰泰山之上無所表記梁父壇場無所庶幾）亦各並時而榮咸濟厥世而屈說者尚何稱於後而云七十二君哉（應劭曰屈絕也言古帝王若但作一時之榮畢世而絕者則說無從顯稱於後世也）夫修德以錫符奉命以行事不爲進越也（文穎曰越踰也不爲苟進而踰禮也）故聖王不替而修禮地祇謁款天神（漢書音義曰謁告也款誠也言不廢脩禮地祇告誠天神之義也）勒功中嶽以章至尊（張揖曰蓋先禮中嶽而幸泰山）舒盛德發號榮受厚福以浸黎元（黎元已見上文）皇皇哉此

天下之壯觀王者之卒業不可貶也皇皇美也卒終也貶損也卒或爲本願陛下全之張揖曰願以封禪全其終而後因雜搢紳先生之略術使獲燿日月之末光絶炎以展寀錯事漢書音義曰寀官也使諸儒記功著業得覩日月末光殊絶之明以展其官職設錯事業也錯千故切猶兼正列其義祓弗飾厥文作春秋一藝孟康曰猶因也春秋者正天時別人事諸儒既得展事業因兼正天時別人事叙述大義爲一經也將襲舊六爲七攄之亡窮服虔曰舊爲六經漢欲七經孔安國尚書傳曰襲因也俾萬世得激清流揚微波蜚英聲騰茂實蜚古飛字也前聖所以永保鴻名而常爲稱首者用此宜命掌故悉奏其儀而覽焉漢書音義曰掌故太史官屬主故事者也於是天子俙然改容曰俞乎朕其試哉張揖曰俙感動之意也許皆切俙或爲沛

乃遷思迴慮揔公卿之議詢封禪之事詩大澤之博廣符瑞之富漢書音義曰詩歌詠功德下四章之頌也大澤之博謂自我天覆雲之油油廣博也符瑞之富謂班班之獸以下三章言符應廣大之富饒也遂作頌曰

自我天覆雲之油油漢書音義曰油油雲行貌孟子曰天油然作雲甘露時雨厥壤可游游遨也言祥瑞屢臻故可游遨也滋液滲漉鹿何生不育說文曰滲下漉也又曰漉水下貌韋昭曰滲疏禁切嘉穀六穗我穡曷蓄李奇曰我之稼穡何等不蓄積非惟雨之又潤澤之非惟徧之我氾布護之萬物熙熙懷而慕思周書王子晉曰萬物熙熙非舜而誰名山顯位望君之來韋昭曰名山泰山也顯位封禪之事也君乎君乎侯不邁哉李奇曰侯何也言君何不行封禪般般之獸樂我君囿謂騶虞也春秋考異郵曰虎班文者陰陽雜也白質

黑章其儀可嘉（毛萇詩傳曰騶虞白虎黑文）旼旼穆穆君子之態（漢書音義曰旼旼和也穆穆敬也言容態和且敬有似君子也張揖曰旼音旻態他代切）蓋聞其聲今親其來（親見其來）厥塗靡從天瑞之徵（文穎曰其道何從乎此乃天瑞之應）兹亦於舜虞氏以興（文穎曰一白獸率舞則騶虞在其中）濯濯之麟遊彼靈時（漢書音義曰武帝祠五時獲白麟故言遊靈時也毛詩曰麀鹿濯濯）孟冬十月君徂郊祀馳我君輿帝用享祉（帝天帝也白麟馳我君車之前因取燎祭於天天用歆享之荅以祉福也）三代之前蓋未嘗有宛宛黃龍興德而升（文穎曰起至德而見也楚辭曰駕八龍之宛宛）采色炫燿煥炳煇煌正陽顯見覺悟黎蒸（文穎曰陽明也）於傳載之云受命所乘（如淳曰書傳揆其比類或以漢土德則宜有黃龍之應於成紀是也故言受命者所乘）厥之有章不必諄諄（漢書音義曰天之所

命表以符瑞章明其德不必諄諄然有語言也孟子萬章曰舜之有天下也孰與之孟子曰天與之天與之者諄諄然命之乎曰否諄之純切依類託寓喻以封巒漢書音義曰寓寄也巒山也言依事類託寄以喻封禪披藝觀之天人之際已交上下相發允荅聖王之德兢兢翼翼尚書曰兢兢業業毛詩曰小心翼翼爾雅曰翼翼欽也故曰於興必慮衰安必思危太公陰謀机之書曰安不忘危存不忘亡是以湯武至尊嚴不失肅祗舜在假典顧省闕遺此之謂也徐廣曰假大也湯武雖居至尊嚴之位而猶不失肅祗之道舜所以在於大典謂能顧省其遺失言漢亦當不失恭欽而自省也祭天是不忘欽也不封禪是遺失也毛詩曰湯降不遟上帝是祗

劇秦美新李充翰林論曰揚子論秦之劇稱新之美此乃計其勝負比其優劣之義漢書王莽下書曰定有天下之號曰新　揚子雲王莽潛移

龜鼎子雲進不能辟戟丹墀亢辭鯁議退不能草玄虛室頤性全真而反露才以耽寵詭情以懷禄素餐所刺何以加焉抱朴方之仲尼斯爲過矣

諸吏漢書曰左右曹諸吏皆加官所加或列侯將軍卿大夫中散大夫臣雄稽首再拜上封事皇帝陛下臣雄經術淺薄行能無異數蒙渥恩拔擢倫比與羣賢並媿無以稱職臣伏惟陛下以至聖之德龍興登庸欽明尚古登庸欽明已見上文作民父母爲天下主尚書曰天子作民父母又曰爲天下君執粹清之道鏡照四海聽聆風俗博覽廣包參天貳地兼並神明難蜀父老曰勤思乎參天貳地神明已見顔延年曲水詩序配五帝冠三王開闢以來未之聞也開闢已見西征賦臣誠樂昭著新德光之罔極往時司馬相如作

封禪一篇以彰漢氏之休臣常有顚眴病賈逵國語注曰眴惑也眴與眩古字通恐一旦先犬馬塡溝壑先犬馬已見曹子建責躬詩所懷不章長恨黃泉左氏傳鄭伯曰不及黃泉無相見也服虔曰天玄地黃泉在地中故言黃泉敢竭肝膽寫腹心作劇秦美新一篇雖未究萬分之一亦臣之極思也萬分勮一已見江文通詣建平王上書臣雄稽首再拜以聞

曰權輿天地未袪睢睢盱盱言混沌之始天地未開萬物睢盱而不定也爾雅曰權輿始也睢盱已見景福殿賦睢許惟切盱音吁或玄而萌或黃而牙言天地方開故玄黃異色而生萌牙也易曰玄黃者天地之雜色也玄黃剖判上下相嘔言天地既開玄黃分判故天地上下相與嘔養萬物也易曰天玄而地黃禮記曰煦嫗覆育萬物鄭玄曰以氣曰煦煦與嘔同況俱切爰初生民帝王始存言初有生民之時帝王之義始存也易曰有天地然後有萬物有萬

物然後有男女有男女然後有父子有父子然後有君臣在乎混混茫茫之時疊聞罕漫而不昭察世莫得而云也混混茫茫天地未分疊聞罕漫不明之貌也言天地肇開君臣始樹善惡罕漫而不昭察故世莫得而言之也莊子曰古之人在混茫之中與一時而得澹漠焉厥有云者上罔顯於羲皇罔無也顯明也伏羲爲三皇故曰羲皇中莫盛於唐虞邇靡著於成周左氏傳召公曰糾合宗族于成周仲尼不遭用春秋困斯發司馬遷書曰仲尼戹而作春秋言神明所祚兆民所託罔不云道德仁義禮智言有斯四德乃爲神明所祚兆民所託獨秦屈起西戎邠荒岐雍之疆史記曰秦自非子爲附庸之邑秦號曰秦嬴因襄文宣靈之僭迹史記曰秦莊公卒襄公立卒文公立卒德公立卒宣公立又曰懷公卒懷公太子靈公立立基孝公茂惠文奮昭莊孝公惠文君襄王並已見李斯上書史記曰文王卒子莊

（襄王立）至政破縱擅衡并吞六國遂稱乎始皇（史記曰莊襄卒子政立初并天下號始皇帝從橫已見上）盛從鞅儀韋斯之邪政（商鞅張儀呂不韋李斯皆秦相）馳騖起翦恬賁之用兵（史記曰白起攻楚拔鄢郢又曰王翦攻趙拔之翦子賁破定燕齊地又曰蒙恬攻齊大破之）剗滅古文刮語燒書（史記李斯曰請非博士官所職天下敢有藏書詩百家語者詣守尉雜燒之）弛禮崩樂塗民耳目（崩樂已見劉歆移太常博士書六韜曰先塗民耳目）遂欲流唐漂虞滌殷蕩周（流漂滌蕩謂除之也）難除仲尼之篇籍自勤功業（難古然字）改制度軌量咸稽之於秦紀（稽考也紀本紀也言考校而著之秦紀）是以耆儒碩老抱其書而遠遜禮官博士卷其舌而不談來儀之鳥肉角之獸狙獷而不臻（來儀鳳也肉角麟也說文曰狙犬暫齧人且餘切又曰獷犬不可親附也古猛切）甘露

嘉醴景曜浸潭之瑞潛 嘉醴醴泉也景曜景星有光曜也浸潭謂滋液浸潤能生萬物也潛藏也 大茀經實巨狄鬼信之妖發 茀彗星也穀梁傳曰星孛入北斗孛之爲言猶茀也步內切茀步忽切史記始皇本紀曰彗星先見東方北方漢書音義曰經謂星出東入西出西入東也史記始皇本紀曰有墜星下東郡至地爲石漢書曰始皇時有大人身長五丈夷狄之患見臨洮鬼信謂告祖龍死也已見西征賦 神歇靈繹海水羣飛 繹猶緒也言神靈歇其舊緒不福祐之繹或爲液海水喻萬民羣飛言亂 二世而亡何其劇與 二世胡亥也爲趙高所弑劇甚也言促甚也 帝王之道兢兢乎不可離巳 尚書曰兢兢業業 夫能貞而明之者窮祥瑞 貞正也言既正且明故祥瑞咸格 回而昧之者極妖愆 回邪也言既邪且闇故妖愆競集也昧或爲瞢 上覽古在昔有憑應而尚缺焉壞徹而能全 言古帝王之興有憑依瑞應而尚毀缺焉有行壞徹之道而全立者乎言無也 故

若古者稱堯舜尚書曰若稽古帝堯又云若稽古帝舜威侮者陷桀紂夏桀殷紂也尚書曰威侮五行況盡汛掃前聖數千載功業專用己之私而能享祐者哉況況始皇也私私所爲也而能享祐言不能也毛詩曰洒掃庭内毛萇曰洒灑也洒與汛同所買切會漢祖龍騰豐沛奮迅宛葉漢高祖發迹在於豐沛滅秦道自宛葉自武關與項羽戮力咸陽武關已見陸機高祖功臣頌漢書沛公謝羽曰與將軍戮力攻秦不自意先入關創業蜀漢發迹三秦漢書曰項羽立沛公爲漢王王巴蜀漢中又曰韓信因陳三秦易并之計漢王聽信策剋項山東而帝天下漢書曰灌嬰追斬羽東城漢王即皇帝位于氾水之陽擿秦政慘酷尤煩者應時而蠲蠲除也漢書沛公召秦豪桀曰父老苦秦苛法久矣與父老約法三章餘悉除秦法如儒林刑辟歷紀圖典之用稍增焉歷紀歷數綱紀也秦餘制度項氏爵號

雖違古而猶襲之其秦政制度及項羽爵號雖知違古而猶襲之也孔安國尚書傳曰襲猶因也是以帝典闕而不補王綱弛而未張爲襲秦項故闕者不補弛者未張也道極數殫闇忽不還言天道既極厤數又殫故闇忽而滅不能自還也逮至大新受命大新王莽也巳見西征賦上帝還資后土顧懷言上帝迴還而資助后土顧眷而懷歸言天地福祐之也玄符靈契黃瑞涌出玄符天符也靈契地契也黃瑞謂王莽承黃虞之後黃氣之瑞也漢書王莽曰予前在攝黃氣熏蒸以著黃虞之烈焉涌出而瑞之滭浡沕潏川流海渟雲動風偃霧集雨散言衆瑞之多也誕彌八圻上陳天庭八圻猶八埏言下終八圻上列天庭震聲日景言威聲如雷光景若日也易曰震爲雷炎光飛響盈塞天淵之間炎光日景也飛響震聲也塞乎天淵所及遠也天淵已見荅賓戲必有不可辭讓云爾言難辭也於是乃奉若天命

窮寵極崇尚書曰明王奉若天命與天剖神符地合靈契分天之符合地之契言應錄而王也創億兆規萬世創業經乎億兆規模至於萬世也奇偉倜儻譎詭天祭地事言衆瑞所以咸臻者由能祭天事地其異物殊怪存乎五威將帥班乎天下者四十有八章漢書曰莽遣五威將王奇等班符命四十二篇於天下登假皇穹鋪衍下土假至也言衆瑞升至於皇天鋪衍於下土非新家其疇離之離應也卓哉煌煌眞天子之表也表儀也若夫白鳩丹烏素魚斷蛇方斯蔑矣吳錄曰孫策使張紘與袁紹書曰昔湯有白鳩之祥然古者此事未詳其本尚書帝驗曰太子發渡河中流火流爲烏其色赤素魚白魚也巳見封禪書漢書曰高祖夜經澤中有大蛇當徑高祖拔劍斬蛇分爲兩道開也受命甚易格來甚勤格至也言莽德盛故受天命甚易令衆瑞咸至甚勤也昔帝纘皇王纘帝隨前踵古

或無爲而治或損益而亡論語子曰無爲而治者其舜也與又曰殷因於夏禮所損益可知也豈知新室委心積意儲思垂務委亦積也旁作穆穆明旦不寐勤勤懇懇者非秦之爲與言新室所以旁作穆穆勤勤懇懇者以秦之所爲爲非故欲勤修德政也尚書曰勤施於四方旁作穆穆司馬遷書曰勤勤懇懇夫不勤勤則前人不當不懇懇則覺德不愷言不勤勤則不能當先王之意不懇懇則覺德不和也尚書曰篤前人成烈毛詩曰有覺德行左氏傳注曰愷和也是以發祕府覽書林遥集乎文雅之囿翱翔乎禮樂之場言以文雅爲園囿以禮樂爲場圃胤殷周之失業紹唐虞之絶風胤續也紹繼也懿律嘉量金科玉條律六律也嘉量斗斛也金科玉條謂法令也言金玉貴之也神卦靈兆古文畢發蓍曰卦龜曰兆神靈尊之也古文先王之典籍也煥炳照曜靡不宣臻宣徧

也臻至也式軨軒旂旗以示之式用也漢書曰莽立大夫卿車服黻冕各有差軨軒皆車也尚書大傳曰未命爲士車不得有飛軨鄭玄曰如今窻車也周禮曰交龍爲旂熊虎爲旗揚和鸞肆夏以節之大戴禮曰行以和鸞趣中肆夏鄭玄周禮注曰鸞和皆金鈴也漢書音義曰肆夏詩樂也步則歌之以中節施黼黻衮冕以昭之言制服有差亦明貴賤也尚書曰黼黻絺繡周禮曰公之服自衮冕而下正嫁娶送終以尊之漢書曰莽請考論五經定娶禮親九族淑賢以穆之漢書莽詔曰姚嬀陳田王予之同族也尚書曰惇序九族五姓世世復無有所與夫攺定神祇上儀也漢書曰莽奏定南郊欽修百祀咸秩也漢書曰莽奏定羣神之禮尚書召誥曰祀于新邑咸秩無文明堂雍臺壯觀也漢書曰莽奏起明堂辟雍九廟長壽極孝也九廟巳見西征賦漢書曰王莽毀壞孝元廟獨置孝元廟故殿以爲文母篹食堂既成名曰長壽宮制成六經洪業也漢書曰莽奏立樂經然經有五

而又立樂故云六經也北懷單于廣德也漢書曰莽重賂匈奴使上書慕從聖制以誑曜
太后若復五爵度三壤晉灼漢書注曰若預及之辭漢書曰莽奏曰周爵五等地四等臣請
受爵者爵五等地四等尚書曰列爵惟五分土惟三經井田漢書曰莽令天下公田口井其男口不盈
八而田過一井者分餘田與九族周禮曰九夫爲井免人役漢書曰莽令更名天下奴婢曰私屬皆不
得賣之方甫刑漢書曰莽分移律令儀法尚書曰穆王作呂刑孔安國曰後爲甫侯匡馬法
馬法司馬穰苴之法也謂成出革車一乘教戎備也穰苴已見左太冲詠史詩恢崇祗庸爍德
懿和之風周禮曰以樂德教國子中和祗庸孝友爾雅曰懿爍美也廣彼搢紳講習
言諫箴誦之塗搢紳已見封禪書漢書賈山上疏曰古者工誦箴諫鼓誦詩士傳言諫過也
振鷺之聲充庭鴻鸞之黨漸階振鷺鴻鸞喻賢也毛詩振鷺于飛于彼西雝我客戾止亦
有斯容易曰鴻漸于陸俾前聖之緒布濩流衍而不韞韣韞韣已見上文櫝與

黼古字通音讀郁郁乎煥哉論語曰郁郁乎文哉又曰煥乎其有文章天人之事盛矣鬼神之望允塞言有聖德信能允塞鬼神之望羣公先正罔不夷儀尚書曰羣公既皆聽命又曰亦惟先正夷儀言有常儀也姦宄寇賊罔不振威尚書曰蠻夷猾夏寇賊姦宄紹少典之苗著黃虞之裔史記曰黃帝者少典之子姓公孫河圖著命曰握登見大虹意生黃帝漢書曰予惟黃帝舜帝感有聖德營求其後將祚厥祀於是封姚恂為初睦侯奉黃帝後嬀昌為始睦侯奉虞帝後帝典闕者已補王綱弛者已張炳炳麟麟豈不懿哉麟麟光明也麟與燐古字同用厥被風濡化者京師沈潛甸內匝洽侯衛厲揭要荒濯沐言風化所被近者逾深遠者稍淺故京師沈潛而要荒濯沐也厲揭已見上文而術前典巡四民迄四嶽言法術前典而巡四民至於四嶽也管子曰士農工商四民者國之石民也尚書曰二月東巡狩至于岱宗柴五月南巡

狩至于南嶽八月西巡狩至于西嶽十有一月朔巡狩至于北嶽增封泰山禪梁父斯受命者之典業也典常也言封禪之事王者常業也管子曰昔封泰山禪梁甫者七十有二家漢書音義項岱曰梁父者泰山下小山也蓋受命日不暇給或不受命然猶有事矣受命謂高祖也言高祖受命而不封禪始皇不受命猶有事乎泰山言俱失也史記曰始皇之上泰山中阪遇暴風雨況堂堂有新正丁厥時崇嶽渟海通瀆之神咸設壇場望受命之臻焉言莽既受命故嶽瀆之神皆設壇場而望來祭也堂堂盛也晏子景公春秋曰將去此堂堂國者而死乎海外遐方信延頸企踵回面內嚮喁喁如也呂氏春秋曰聖人南面而立天下延頸舉踵矣論語素王受命讖曰莫不喁喁延頸歸德帝者雖勤惡可以已乎何休公羊傳注惡猶於何也音烏宜命賢哲作帝典一篇舊三為一襲以示來人摛之罔極言宜

命賢智作帝典一篇足舊二典而成三典也謂堯典舜典令萬世常戴巍巍履栗栗巍巍高大也巳見上文尚書曰栗栗危懼臭馨香含甘實言明德比於馨香甘實故臭而含之鏡純粹之至精聆清和之正聲易曰剛健中正純粹精也則百工伊凝庶績咸喜尚書曰允釐百工庶績咸熙又曰庶績其凝喜與古熙字通荷天衢提地釐孔安國尚書傳曰釐理也上荷天道而下提地理言則而効之斯天下之上則巳庶可試哉

典引一首蔡邕曰典引者篇名也典者常也法也引者伸也長也尚書疏堯之常法謂之堯典漢紹其緒伸而長之也范曄後漢書曰班固字孟堅亦云注典引

班孟堅　蔡邕注

臣固言永平十七年臣與賈逵傅毅杜矩展隆郗萌等善曰後漢書曰賈逵字景伯爲侍中七略曰尚書郎中北海展隆然七略之作雖在哀平之際展隆壽或至永

平之中召詣雲龍門小黃門趙宣持秦始皇帝本紀問臣等曰太史遷下贊語中寧有非耶臣對此贊賈誼過秦篇云向使子嬰有庸主之才僅得中佐秦之社稷未宜絶也此言非是即召臣入問本聞此論非耶將見問意開寤耶臣具對素聞知狀詔因曰司馬遷著書成一家之言揚名後世善曰司馬遷書曰通古今之變成一家之言孝經曰揚名於後世至以身陷刑之故反微文刺譏貶損當世非誼士也司馬相如洿行無節但有浮華之辭不周於用至於疾病而遺忠主上求取其書竟得頌述功德言封禪事忠臣效也至是賢遷遠矣臣固常伏刻誦聖論昭明好惡不遺微細

緣事斷誼動有規矩雖仲尼之因史見意亦無以加臣固被學最舊受恩浸深誠思畢力竭情昊天罔極臣固頓首頓首伏惟相如封禪靡而不典楊雄美新典而亡實然皆游揚後世垂爲舊式臣固才朽不及前人蓋詠雲門者難爲音觀隋和者難爲珍不勝區區竊作典引一篇雖不足雍容明盛萬分之一猶啓發憤滿覺悟童蒙光揚大漢軼聲前代然後退入溝壑死而不朽臣固愚戇頓首頓首曰

太極之元易曰太極是生兩儀兩儀始分烟烟熅熅有沈而奧有浮而清烟烟熅熅陰陽和一相扶貌也奧濁也言兩儀始分之時其氣和同沈而濁者爲地浮而清者

爲天沈浮交錯庶類混成地體沈而氣昇天道浮而氣降升降交錯則衆類同矣善曰國語曰夏禹能平水土以品處庶類者也老子曰有物混成先天地生肇命民主五德初始民主者天子也尚書曰成湯簡代夏作民主五德五行之德自伏羲巳下帝王相代各據其一行始於木終於水則復始也同於草昧易曰天造草昧玄混之中混猶溷濁踰繩越契寂寥而亡詔者系不得而綴也言結繩書契巳往其道寂漠亡聲莫能以相告故易系不得綴連也綴知銳切厥有氏號所依爲氏也號功之表也號太昊曰伏羲炎帝曰神農黃帝曰軒轅少昊曰金天顓頊曰高陽帝嚳曰高辛堯曰陶唐舜曰有虞紹天闡繹宗紹天地開道人事莫不開元於太昊皇初之首上哉敻乎其書猶得而修也亞斯之代通變神化函光而未曜若夫上稽乾則降承龍翼善曰翼法也言陶唐上能考天之則下能承龍之法也龍法龍圖也而炳諸典謨以冠

德卓絶者莫崇乎陶唐善曰春秋合誠圖曰黄帝德冠帝位陶唐舍胤而禪有虞有虞亦命夏后稷契熙載越成湯武股肱既周天廼歸功元首將授漢劉天有五行之序堯與四臣各據其一行而堯爲之正四臣已徧故歸功元首之子孫而授漢劉也高祖始於沛公起兵入關後爲漢王以即尊位故遂曰漢也春秋左氏傳曰陶唐氏既衰其後劉累者在夏爲御龍氏在商爲豕韋氏在周爲唐杜氏成王滅唐宣王殺杜伯杜伯之子隰叔奔晋其後士會奔秦而復歸其子留秦者爲劉氏以是明之漢爲堯後善曰尚書曰熈帝之載元首股肱已見上文俾其承三季之荒末值亢龍之災孽善曰國語郭偃曰夫三季王之亡宜也韋昭曰季末也三季王桀紂幽王也易曰亢龍有悔窮之災也縣象闇而恒文乖彛倫斁而舊章缺善曰易曰懸象著明莫大乎日月尚書曰帝乃震怒弗俾洪範九疇彛倫攸斁左氏傳曰季桓子命藏象魏曰舊章不可亡也故先命玄聖使綴學立制善曰

玄聖孔子也莊子曰夫虛靜恬淡玄聖素王之道也春秋孔演圖曰玄丘制命帝卯行也宏亮洪業表相祖宗贊揚迪喆相助也始受命爲祖繼中爲宗皆不毁廟之稱也言仲尼之作亦顯助祖宗揚明其蹈喆之德備哉粲爛眞神明之式也雖皋夔衡旦密勿之輔比茲褊矣茲孔子也善曰謂皋陶后夔阿衡周旦也密勿已見傅季友求贈劉前軍表是以高光二聖宸居其域言高祖光武如北辰居其所而衆星拱之時至氣動乃龍見淵躍善曰易曰見龍在田或躍在淵拊翼而未舉則威靈紛紜海內雲蒸雷動電熛胡縊莽分尚不莅其誅言二祖即位胡亥王莽皆先已誅天之所爲先除也善曰史記曰始皇崩趙高立子胡亥爲太子襲位爲二世皇帝後陳勝等反趙高乃使閻樂誅二世二世自殺漢書曰王莽地黄四年十月漢兵從宣平城門入城中少年朱弟等恐見虜掠私燒其室門呼曰虜王莽何不出來降莽避火之漸臺衆兵上臺商人杜吳殺莽軍人裂莽尸然後欽若上下恭揖羣

后正位度宗度居也宗尊也言二主既除亂諸侯推而尊之然後敬順天地恭揖諸侯正位居尊也善曰易曰君子正位凝命有于德不台淵穆之讓淵穆深美之辭也善曰尚書曰舜讓于德不嗣漢書音義韋昭曰古文台爲嗣靡號師矢敦奮撝之容矢陳也敦勉也毛詩曰矢于牧野善曰言漢取天下無名號師衆陳兵誥誓勸勉秉旄奮麾之容撝與麾音義同蓋以膺當天之正統受克讓之歸運善曰尚書曰誕膺天命又曰允恭克讓蓄炎上之烈精謂火漢之德也蓄聚也善曰尚書曰火曰炎上蘊孔佐之弘陳云爾善曰孔佐即孔子也能表相祖宗故曰佐洋洋乎若德帝者之上儀誥誓所不及已本事曰誥戒事曰誓鋪觀二代洪纖之度洪大也纖細也其賾可探也善曰探賾見文賦並開迹於一匱同受侯甸之服奕世勤民以方伯統牧善曰言殷周二代初皆微開迹於一匱並受夏殷侯甸之服勤勞治人或爲方伯或爲統牧也論語

曰雖覆一簣栢子新論曰湯武則久居諸侯方伯之位德惠加於百姓紀年曰武乙即位周王季命爲殷牧師也**乗其命賜彤弧黄鉞之威用討韋顧黎崇之不恪**韋豕韋顧己姓之國皆夏諸侯也黎崇殷諸侯也四國爲不敬湯文王誅之毛詩曰韋顧既伐又曰既伐于崇作邑於豐書曰西伯既戡黎善曰乗因也言因其命賜以彤弓黄鉞乃始征伐也**至于參五華夏京遷鎬亳**善曰參五謂參五分之也言殷周參五而分華夏之地然後乃始京遷於鎬亳也論語曰參分天下有其二以服事殷解嘲曰四分五割並爲戰國毛詩曰考卜維王宅是鎬京毛萇曰武王作邑於鎬京尚書湯誥曰王歸自夏至于亳孔安國傳曰湯遷於亳**遂自北面虎螭其師革滅天邑**天邑天子邑也善曰北面臣位也虎螭如虎如螭也史記武王曰勉哉夫子如虎如羆如豺如離徐廣曰此音義訓並與螭字同尚書曰肆予敢求爾于天邑商**是故誼士華而不敦武稱未盡護有慙德不其然歟**武周樂也護殷樂也孔子曰韶盡美矣又盡善也謂武盡美矣未盡善也舜禪

而周伐故未盡善也延陵季子聘魯觀樂見舞大護者曰聖人之弘也而猶有慙德恥於始伐也豈不然乎左氏傳藏哀伯曰武王克商遷九鼎于洛邑義士猶或非之 亦猶於穆猗那翕純皦繹 周頌曰於穆清廟商頌曰猗歟那歟孔子曰始作翕如也從之純如也皦如也繹如也 以崇嚴祖考殷薦宗配帝 善曰周易曰先王作樂崇德殷薦之上帝以配祖考 發祥流慶對越天地者 對荅也善曰毛詩曰對越在天鄭玄曰越於也 舄奕乎千載 舄奕光曜流行貌 豈不克自神明哉 善曰言二代以臣伐君尚能作樂配天豈不能自神明其道哉周易曰聖人以此齋戒以神明其德 誕略有常審言行於篇籍光藻朗而不渝耳 善曰言二代神明其道大略有常但審言行於篇籍光藻明而不變言無殊功也 矧夫赫赫聖漢巍巍唐基泝測其源乃先孕虞育夏甄殷陶周 言測度漢本至唐乃任舜育禹化契成稷皆爲之父母模範也甄陶已見上文 然後宣二祖之重光

襲四宗之緝熙宣徧也襲因也高祖光武爲二祖孝文曰太宗孝武曰世宗孝宣曰中宗孝明曰顯宗二祖重光天下四宗盛美相因而起也善曰尚書王曰昔君文王武王宣重光緝熙已見上文神靈日照光被六幽六幽謂上下四方也尚書曰光被四表格于上下仁風翔乎海表威靈行乎鬼區鬼區絕遠之區也善曰尚書曰方行天下至于海表鬼區即鬼方也毛詩曰覃及鬼方毛萇傳曰鬼方遠方也匿亡回而不泯微胡瑣而不頤善曰頤養也何細而不養言皆養也故夫顯定三才昭登之績匪堯不興言明定天地人之道明登天之功非堯莫能興也尚書曰昭登于上善曰周易曰易有天道焉有地道焉兼三才而兩之鋪聞遺策在下之訓匪漢不弘厥道善曰言布聞古之遺策聖德在下之訓非漢不能弘道毛詩曰明明在下毛萇傳曰文王之德明明在天下謂天之下也至於經緯乾坤出入三光言使日月星辰出以其節入以其期亡朒朓側匿盈縮之異也善曰言漢之道能經緯天地出入三光也淮南子曰

覆天載地紘宇宙而章三光也外運渾元內沾豪芒言漢道外則運行於渾元內則沾潤於豪芒言巨細咸被也性類循理品物咸亨其已久矣易曰品物咸亨盛哉皇家帝世德臣列辟功君百王言漢之德能臣古之列辟其功又爲百王之君也榮鏡宇宙四表曰宇往古來今曰宙尊亡與亢乃始虔鞏勞謙鞏亦勞也易曰勞謙君子有終吉兢兢業業貶成抑定不敢論制作尚書曰兢兢業業一日二日萬機禮記曰王者功成作樂治定制禮至令遷正黜色賓監之事渙揚寓內漢承周後當就夏正以十二月爲年首而秦以十月爲年首高祖又以十月至霸上因而不改至武帝太初始改焉賈誼公孫臣等議以漢土德服色尚黃至光武中乃黜黃而尚赤立郊後曰紹嘉公周後曰承休公以賓而監二代矣於四者宣揚海內制作之事由未章也禮記曰聖人南面而治天下也改正朔易服色而禮官儒林屯用篤誨之士不傳祖宗之髣髴

雖云優慎無乃葸與慎而無禮則葸優謂優游也尚書大傳曰周公作樂優游三年於是三事嶽牧之寮僉爾而進曰三事嶽牧已見上陛下仰監唐典中述祖則俯蹈宗軌躬奉天經惇睦辨章之化洽孝經曰夫孝天之經也尚書曰惇叙九族九族既睦平章百姓辨與平古字通也巡靖黎蒸懷保鰥寡之惠浹懷安也保養也巡靖巡狩而安之也毛詩曰日靖四方尚書周公曰懷保小民惠鮮鰥寡燔瘞縣沈肅祗羣神之禮備爾雅曰祭天曰燔柴祭地曰瘞埋祭山曰庪懸祭川曰浮沈是以來儀集羽族於觀魏貌恭體仁則鳳皇來儀尚書曰鳳皇來儀家語子夏曰商聞山書曰羽蟲三百有六十而鳳爲之長肉角馴毛宗於外囿視明禮修則麒麟來應廣雅曰麒麟狼題肉角家語子夏曰毛蟲三百有六十而麟爲之長擾緇文皓質於郊思睿信立則白虎擾騶虞也升黃輝采鱗於沼聽德知正則黃龍見禮記曰龜

龍在官沼甘露宵零於豐草德至天則甘露降毛詩曰湛湛露斯在彼豐草三足軒翥於茂樹烏反哺之鳥至孝之應也楚辭曰鸞鳥軒翥而翔飛若乃嘉穀靈草奇獸神禽應圖合諜窮祥極瑞者朝夕坰牧天子寰內也日月邦畿卓犖乎方州洋溢乎要荒昔姬有素雉朱烏玄秬黃麰之事耳素雉白雉也已見東都主人朱烏火流爲烏也毛詩曰誕降嘉種惟秬惟秠爾雅曰秬黑黍也韓詩外傳曰貽我嘉麰薛君曰麰大麥也音莫侯切君臣動色左右相趣濟濟翼翼峩峩如也濟濟翼翼已見上毛詩曰奉璋峩峩蓋用昭明寅畏承聿懷之福毛詩曰昭事上帝聿懷多福尚書曰嚴恭寅畏亦以寵靈文武貽燕後昆覆以懿鑠左氏傳薳啓彊曰辱見寡君寵靈楚國毛詩曰貽厥孫謀以燕翼子尚書曰垂裕後昆豈其爲身而有顓辭也若然受之亦宜懃恁旅力

恁思也旅陳也恁如深切以充厥道啓恭館之金縢恭館宗廟金縢之所在御東序之祕寶以流其占東序牆也尚書曰顓頊河圖雒書在東序流演也雒書皆存士之事尚覽之以演禍福之驗也夫圖書亮章天哲也亮信也章明也言河圖洛書至信至明而出天賜之使視而行之孔猷先命聖孚也繇道也言孔子先定道誠至信也體行德本正性也體行正性習堯所履復今天子復蹈之逢吉丁辰景命也言逢此吉當此時者皇天之大命也順命以創制易曰湯武革命順乎天應乎人因定以和神治定作樂以和人神答三靈之蕃祉展放唐之明文善曰三靈天地人也巳見陸機高祖功臣頌尚書旋機鈐曰平制禮樂放唐之文茲事體大而允寤寐次於心瞻前顧後善曰允信也次止也言此事體大式弘大信能寤寐常止於聖心不可忘也大戴禮曰神明自得聖心備矣前謂前代帝王後謂子孫也豈蔑清廟憚勠天命也蔑輕

也憚難也勑正也言封禪之事皆述祖宗之德今乃推讓豈輕清廟而難正天命乎善曰毛詩序曰清廟祀文王也尚書曰勑天之命**伊考自遂古乃降戾爰茲**伊維也遂古遠古也戾至也言自遂古以來至於此也楚辭曰遂古之初誰傳道之**作者七十有四人**善曰古封禪者七十二君今又加之二漢**有不俾而假素罔光度而遺章**言前封禪之君有天下使之而尚假竹素未有告之以光明之度而遺其篇章**今其如台而獨闕也**尚書曰夏罪其如台孔安國傳曰台我也**是時聖上固以垂精遊神苞舉藝文屢訪羣儒諭咨故老與之斟酌道德之淵源肴覈仁誼之林藪以望元符之臻焉**斟酌飲也肴覈食也肉曰肴骨曰覈水深曰淵水本曰源叢木曰林澤無水曰藪言六藝者道德之深本而仁義之叢藪也天子與羣儒故老斟酌肴覈而行以天應之至也詩云泂酌彼行潦又曰肴覈惟旅**旣感羣后之讜辭又悉經五縣之碩慮**

矣讜直言也經常也繇占也王者巡狩預卜五年歲習其祥習則行不則修德而改卜言天下已舉五卜之占而習吉也將絣萬嗣揚洪輝奮景炎揚奮皆振布之意也絣使也絣與栟古字通也扇遺風播芳烈久而愈新用而不竭汪汪乎丕天之大律其疇能亘之哉唐哉皇哉皇哉唐哉言誰能竟此道惟唐堯與漢漢與唐堯而已

文選卷第四十八

賜進士出身通奉大夫江南蘇松常鎮太等處承宣布政使司布政使胡克家重校刊

文選卷第四十九

梁昭明太子撰

文林郎守太子右内率府録事參軍事崇賢館直學士臣李善注上

史論上

公孫弘傳贊一首

班孟堅

贊曰公孫弘卜式倪寬皆以鴻漸之翼困於燕雀李奇漢書

注云漸進也鴻一舉而進千里者羽翼之材也弘等言皆以大材初困爲俗所薄若燕雀不知鴻鵠之志遠迹羊豕之閒非遇其時焉能致此位乎漢書曰公孫弘少時家貧牧豕海上年四十餘乃學春秋武帝初即位召賢良文學士是時弘年六十徵賢良文學對策拜博士遷丞相又曰卜式以田畜爲事式以入山牧羊十餘年羊致千餘頭上拜爲中郎遷御史大夫韋昭漢書注曰遠迹謂耕牧在遠方也是時漢興六十餘載海内乂安府庫充實而四夷未賓制度多闕上方欲用文武求之如弗及始以蒲輪迎枚生見主父而歎息漢書曰武帝爲太子聞枚乘名及即位乘已年老廼以安車蒲輪徵乘又曰主父偃齊國臨淄人武帝時言九事其八事爲律令上書闕下朝奏暮召入見謂曰公安在何相見之晚也羣士慕嚮異人並出卜式拔於芻牧弘羊擢於賈古豎漢書曰桑弘羊洛陽賈人子衛青奮於奴僕日磾出於降虜

漢書曰衛青其父鄭季與陽信長公主家僮衛媼通生青青姊子入宮幸上召青爲建章監侍中又曰金日磾本匈奴休屠王子王降漢後悔昆邪王殺之將其衆降日磾以父不降沒入官輸黄門養馬馬肥好上拜爲馬監

斯亦曩時版築飯牛之明已尚書序曰高宗夢得說使百工營求諸野得諸傅巖孟子曰傅說舉於版築之閒呂氏春秋曰甯戚飯牛居車下望桓公悲擊牛角而疾歌矣

漢之得人於茲爲盛儒雅則公孫弘董仲舒兒寬漢書曰兒寬治尚書爲侍御史上問尚書一篇擢爲中大夫

篤行則石建石慶漢書曰石奮長子建次子慶皆以馴行孝謹官至二千石

質直則汲黯卜式汲黯已見西征賦漢書曰卜式言郡國不便鹽鐵船有筭可罷

推賢則韓安國鄭當時漢書曰韓安國所推舉皆廉士賢於己者於梁舉壺遂臧固至此皆天下名士鄭當時已見西征賦

定令則趙禹張湯漢書曰張湯遷太中大夫與趙禹共定諸律令又曰趙禹斄人至中大夫斄音部

文章則司馬遷相如滑稽

則東方朔枚皐楚辭曰突梯滑稽如脂如韋王逸曰轉免隨俗也漢書曰枚皐字少孺不通經術談笑類俳倡以故得媟黷應對則嚴助朱買臣漢書曰嚴助爲中大夫與朱買臣並在左右歷數則唐都落下閎漢書曰造漢太初歷方士唐都巴郡落下閎與焉益部耆舊傳曰閎字長公巴郡閬中人也明曉天文地理隱於落亭武帝時友人同縣譙隆薦閎待詔太史更作太初歷拜侍中辭不受風俗通曰姓有落下漢有落下閎協律則李延年漢書曰李延年中山人坐法腐刑善歌新聲爲協律都尉運籌則桑弘羊漢書曰桑弘羊以心計爲侍中奉使則張騫蘇武張騫蘇武已見西征賦將帥則衛青霍去病衛青霍去病已見長楊賦受遺則霍光金日磾漢書曰武帝病篤霍光曰如有不諱誰當嗣者上曰立少子君行周公之事光讓日磾日磾亦曰臣不如光並受遺詔輔少主其餘不可勝紀是以興造功業制度遺文後世莫及孝宣承統纂修洪業國語曰祭公謀

父曰時序其德纂修其緒亦講論六藝招選茂異六藝六經也漢書武帝詔曰察吏民茂才異等而蕭望之梁丘賀夏侯勝韋玄成嚴彭祖尹更始以儒術進漢書曰蕭望之修齊詩事同縣后倉又曰梁丘賀字長公從京房受易賀入說上善之以賀爲郎至少府又曰夏侯勝從濟南伏生受尚書至長信少府又曰韋賢修詩傳子玄成至丞相又曰嚴彭祖字次公與顏安樂俱事眭孟公羊春秋有顏嚴之學爲太子太傅又曰穀梁學有尹更始爲諫議大夫劉向王褒以文章顯將相則張安世趙充國魏相邴吉于定國杜延年漢書曰張安世字少孺宣帝即位爲大司馬車騎將軍又曰杜延年字幼公爲太僕給事中宣帝任信之即奉駕入給事中趙充國于定國已見西征賦治民則黃霸王成龔遂鄭弘召信臣韓延壽尹翁歸趙廣漢嚴延年張敞之屬漢書曰黃霸字次公爲揚州刺史宣帝以爲潁川太守又曰王成爲膠東相政甚有聲宣帝最先褒之又

曰龔遂字少卿宣帝以爲勃海太守人皆富實獄訟止息又曰鄭弘字穉卿爲淮陽相以高第入爲右扶風又曰召信臣字翁卿爲南陽太守吏民親愛號之曰召父又曰韓延壽字長公爲東郡太守吏民敬畏趨嚮之斷獄大減爲天下最又曰尹翁歸字子況拜東海太守東海大治又曰嚴延年字次卿爲涿郡太守道不拾遺趙張已見西征賦皆有功迹見述於後世參其名臣亦其次也

晉紀論晉武帝革命一首　干令升

何法盛晉書曰干寶字令升新蔡人始以尚書郎領國史遷散騎常侍卒撰晉紀起宣帝迄愍五十三年評論切中咸稱善之

史臣曰帝王之興必俟天命尚書曰俟天休命苟有代謝非人事也淮南子曰二者代謝舛馳高誘曰代更也謝次也文質異時興建不同春秋元命苞曰王者一質一文據天地之道也天質而地文又曰正朔三而改文質再而復故古之有

天下者柏皇栗陸以前爲而不有應而不求執大象也莊子曰獨不知至德之時乎昔者柏皇氏栗陸氏若此之時則至治也淮南子曰天地大矣成而弗有老子曰執大象天下往鴻黃世及以一民也父子相承以一民之心也左氏傳史克曰昔帝鴻氏有不材子杜預曰帝鴻黃帝也禮記曰大人世及以爲禮堯舜內禪體文德也漢魏外禪順大名也謝靈運晉書禪位表曰夫唐虞內禪無兵戈之事故曰文德漢晉外禪有翦伐之事故曰順名以名而言安得不僭稱以爲禪代邪靈運之言似出于此文既詳悉故具引之湯武革命應天人也周易曰湯武革命順乎天而應乎人高光爭伐定功業也漢高祖及光武也仲長子昌言曰高光二祖之神武遇際會而不能得管子曰禹平治天下及桀而亂之湯放桀以定禹功也湯平治天下及紂而亂之武王伐紂以定湯功也各因其運而天下隨時隨時之義大矣哉周易曰隨元亨隨時之義大矣哉古者敬其事則命

以始今帝王受命而用其終（尚書曰月正元日舜格于文祖孔安國曰將即政故至文祖廟告也魏志曰陳留王咸熙二年十二月禪位于晉嗣王左氏傳曰晉侯使太子申生伐東山皐落氏狐突歎曰時事之徵也故敬其事則命以始今命以時卒閟其事也）豈人事乎其天意乎

晉紀總論一首　干令升

史臣曰昔高祖宣皇帝以雄才碩量應運而仕（范曄後漢書曰陶謙奏記於朱儁曰將軍既文且武應運而出）値魏太祖創基之初籌畫軍國嘉謀屢中（干寶晉紀曰魏武帝爲丞相命高祖爲文學掾每與謀策畫多善）遂服輿軫驅馳三世（干寶晉紀曰魏文帝即王位爲丞相長史明帝即位遷驃騎大將軍）性深阻有如城府而能寛綽以容納行任數以御物而知人善采拔（管子曰聖君任法不任智任數不任說尚書禹曰知人則哲能官人）故賢愚咸懷小大

畢力尚書穆王曰小大之臣咸懷忠良東觀漢記太史官曰明主勞神忠臣畢力爾乃取鄧艾於農隙引州泰於行役委以文武各善其事魏志曰鄧艾字士林義陽人也典農綱紀上計吏因使見太尉司馬宣王宣王奇之辟以爲掾遷尚書郎郭頒世語曰初荊州刺史裴潛以州泰爲從事司馬宣王鎮宛潛數遣詣宣王由此爲宣王所知歷兖豫州刺史故能西禽孟達東舉公孫淵于寶晉紀曰新城太守孟達反高祖親征之屠其城斬達魏志曰公孫淵爲遼東太守景初元年徵淵遂發兵逆於遼隧自立爲燕王二年遣司馬宣王征淵斬淵傳首洛陽內夷曹爽外襲王陵干寶晉紀曰高祖與曹爽俱受遺輔政爽橫恣日甚高祖乃奏事永寧宮廢爽爽兄弟以侯歸第有司奏黄門張當辭道爽反狀遂夷三族又曰高祖東襲太尉王陵于壽春初陵以魏主非明帝親生且不明也謀更立楚王彪陵聞軍至面縛請降高祖解縛反服見之送之京都飲藥而死神略獨斷征伐四克也楊雄連珠曰兼聽獨斷聖王之法法言曰湯武桓桓征伐四克維御

群后大權在已春秋孔演圖曰天子執圖諸侯得之大權成屢拒諸葛亮節制之兵而東支吳人輔車之勢漢書曰齊桓晉文之兵可謂入其域而有節制矣左氏傳宮之奇曰諺所謂輔車相依脣亡齒寒世宗承基太祖繼業干寶晉紀曰世宗景皇高祖崩以撫軍大將軍輔政又曰太祖文皇帝母弟也世宗崩進位大將軍錄尚書事輔政軍旅屢動邊鄙無虧於是百姓與能大象始構矣周易曰人謀鬼謀百姓與能大象已見上文亾豐亂內欽誕寇外干寶晉紀曰中書令李豐推太常夏侯亾謀廢大將軍世宗聞之乃遣王羨迎豐至世宗責之豐知禍及遂肆惡言勇士築殺之皆夷三族又曰楊州刺史文欽自曹爽死後陰懷異志乃矯太后令罪狀世宗世宗自帥中軍討之欽敗得入吳又曰鎮東大將軍諸葛誕貳于我太祖親率六軍東征拔之斬誕首夷三族也潛謀雖密而在幾必兆淮浦再擾而許洛不震咸黜異圖用融前烈左氏傳曰咸黜不端尚書

王曰公劉克篤前烈然後推轂鍾鄧長驅庸蜀干寶晉紀曰景元四年大舉伐蜀太祖部分諸軍指授方略使征西將軍鄧艾自狄道攻姜維於沓中使鎮西將軍鍾會自駱谷襲漢中漢書馮唐曰上古王者遣將也跪而推轂曰閫以內寡人制之閫以外將軍制之戰國策曰樂毅輕卒鋭兵長驅至齊尚書曰及庸蜀人三關電掃劉禪入臣吳志賀邵曰劉氏據三關之險守重山之固張瑩漢南記曰蜀有陽平江關白水關此爲三關干寶晉紀曰鄧艾進軍城北蜀主劉禪面縛輿櫬詣壘門范曄後漢書閻忠說車騎將軍皇甫嵩曰旬月之間神兵電掃天符人事於是信矣東觀漢記耿純說上曰天時人事已可知矣始當非常之禮終受備物之錫干寶晉紀曰天子命太祖爲晉公九錫之禮又進公爵爲王左氏傳子魚曰備物典策名器崇於周公權制嚴於伊尹至於世祖遂享皇極世祖武帝也尚書考靈耀曰建用皇極宋均曰建立也皇極大中也正位居體重言慎法周易曰君子正位居體也法言曰重言重

行言重則有法行重則有德仁以厚下儉以足用周易曰山附於地剥上以厚下安宅毛詩序曰儉以足用寛以愛民和而不弛寛而能斷論語曰君子和而不同韋昭國語注曰弛廢也尚書曰寛而栗斷猶決也故民詠惟新四海悅勸矣毛詩曰周雖舊邦其命惟新周易曰説以先民民忘其勞説以犯難民忘其死説之大民勸矣哉聿修祖宗之志思輯戰國之苦毛詩曰無念爾祖聿修厥德腹心不同公卿異議而獨納羊祜之策以從善爲衆干寶晉紀曰征南大將軍羊祜來朝上疏云以國家之盛強臨吴之危斃軍不踰時尅可必也上納之而未宣左氏傳欒武子曰善鈞從衆夫善衆之主也從之不亦可乎故至於咸寧之末遂排群議而杖王杜之決干寶晉紀曰咸寧五年龍驤將軍王濬上疏曰吴王荒淫且觀時運宜征伐上將許之賈充荀勗等陳諫以爲不可張華固勸之杜預亦上䟽上先納羊祜之謀重以濬預之決乃發詔諸方大舉汎舟三峽介馬桂

陽左氏傳晉饑秦輸之粟命之曰汎舟之役劉淵林蜀都賦注曰三峽巴東永安縣有高山相對民謂之峽左氏傳曰晉郤克與齊侯戰于鞍齊侯不侯介馬而馳之漢書曰有桂陽郡高帝置之役不二時江湘來同干寶晉紀曰咸寧五年十一月命安東將軍王渾龍驤將軍王濬帥巴蜀之卒浮江而下太康元年四月王濬鼓譟入于石頭吳主孫晧面縛輿櫬降于濬毛詩曰淮夷來同也夷吳蜀之壘垣通二方之險塞掩唐虞之舊域班正朔於八荒漢書曰賈捐之曰堯舜之盛也地方不過數千里論語比考讖曰正朔所加莫不歸義甘泉賦曰八荒協兮萬國諧太康之中天下書同文車同軌禮記子曰今天下書同文車同軌牛馬被野餘糧棲畝行旅草舍外閭不閉東觀漢記曰建武十七年商賈重寶單車露宿牛馬放牧道無拾遺淮南子曰昔容成之時置餘糧於畝首蔡邕胡廣碑曰餘糧棲乎畎畝毛詩曰召伯所茇毛萇曰茇草舍也禮記曰外戶不閉謂之大同民相遇者如親其匱乏者

取資於道路禮記孔子曰昔者大道之行也人不獨親其親不獨子其子故于時有天下無窮人之諺莊子孔子曰當堯舜而天下無窮人非知得也當桀紂而天下無通人非知失也雖太平未洽亦足以明吏奉其法民樂其生百代之一時矣東觀漢記詔曰吏安其職民樂其業孝經援神契曰天下歸往人人樂生論語曰百世可知言喻遠也武皇既崩山陵未乾漢書霍禹曰將軍墳墓未乾楊駿被誅母后廢黜干寶晉紀曰永平元年誅太傅楊駿遷太后楊氏于永寧宮策廢爲庶人居於金墉城朝士舊臣夷滅者數十族尋以二公楚王之變干寶晉紀曰太子太傅孟觀知中宮旨因譖二公欲行廢立之事楚王瑋殺太宰汝南王亮太保衛瓘張華以二公既亡楚必專權使董猛言於后遣謁者李雲宣詔免瑋付廷尉瑋以矯詔伏誅宗子無維城之助而閼伯實沈之郤歲構毛詩曰懷德維寧宗子維城左氏傳子產曰昔高辛氏有二子伯曰

閼伯季曰實沈居曠埜不相能日尋干戈以相征討閼伯實沈則參商也師尹無具瞻之貴而顛墜戮辱之禍日有毛詩曰赫赫師尹民具爾瞻至乃易天子以太上之號而有免官之謡臧榮緒晉書曰惠帝永寧二年禪位于趙王倫倫以兵留守衛上號曰太上皇改金墉曰永昌宮中書令繆播云太史案星變事當有免官天子民不見德唯亂是聞左氏傳卜偃曰民不見德唯戮是聞朝爲伊周夕爲桀跖莊子曰施不及三王天下大駭矣下有盜跖上有曾史善惡陷於成敗毀譽脅於勢利於是輕薄干紀之士役姦智以投之如夜蟲之赴火范曄後漢書曰李寶勸劉嘉且觀成敗光武聞告鄧禹曰當是長安輕薄兒誤之耳左氏傳季孫盟臧氏曰無或如臧孫紇干國之紀呂氏春秋曰人主有能明其德者天下之士歸之若蟬之赴明火也内外混淆庶官失才鄭玄毛詩箋曰内謂諸夏也外謂夷狄也尚書曰推賢讓能庶官乃和名實反錯

天網解紐管子曰：循名而案實，案實而定名，名實相爲情。國政迭移於亂人，禁兵外散於四方，方岳無鈞石之鎮，關門無結草之固。漢書：十六兩爲斤，三十斤爲鈞，四鈞爲石。左氏傳曰：晉輔氏之役，魏顆見老人結草以亢杜回，回躓而顛仆。李辰石冰傾之於荆揚，干寶晉惠紀曰：蜀賊李流攻益州，發武勇以西赴益州，兵不樂西征。李辰因之誑曜百姓，以山都民丘沈爲主。石冰應之，石冰略揚州，揚州刺史蘇峻降。劉淵王彌撓之於青冀，干寶晉紀曰：劉淵遷離石，遂謀亂。淵在西河離石，攻破諸郡縣，自稱王。又曰：王彌攻東莞東安二郡，復攻青州。二十餘年而河洛爲墟，戎羯稱制，二帝失尊，山陵無所。干寶晉懷紀曰：賊劉曜入京都，百官失守，天子蒙塵於平陽。又愍紀曰：劉曜寇長安，劉粲寇於城下，天子蒙塵於平陽矣。何哉？樹立失權，託付非才，四維不張，而苟且之政多也。管子曰：不供祖舊，則孝悌不備；四維不張，國乃滅亡。四維：一曰禮，二曰義，三曰廉四曰恥漢書王嘉上䟽曰上下相望莫有苟且之意夫作法於治其弊猶亂作法於亂誰能救之左氏傳曰渾罕曰君子作法於涼其弊猶貪作法於貪弊將若之何故于時天下非暫弱也軍旅非無素也彼劉淵者離石之將兵都尉王彌者青州之散吏也于寶晉武紀曰太康八年詔淵領北部都尉蓋皆弓馬之士驅走之人凡庸之才非有吳先主諸葛孔明之能也新起之寇烏合之衆非吳蜀之敵也曾子曰烏合之衆初雖相歡後必相咋脫耒爲兵裂裳爲旗非戰國之器也賈誼過秦論曰斬木爲兵揭竿爲旗自下逆上非鄰國之勢也然而成敗異效擾天下如驅群羊舉二都如拾遺孔安國尚書傳曰擾亂也淮南子曰兵略者乘勢以爲資清淨以爲常避實就虛若驅群羊此所以言兵者也漢書梅福上書曰高祖舉秦如

鴻毛取楚如拾遺將相侯王連頭受戮乞爲奴僕而猶不獲干寶晉紀曰劉曜入京都殺大將軍吳王晏光祿大夫竟陵王其餘官僚僵尸塗地百不遺一后嬪妃主虜辱於戎卒豈不哀哉孫盛晉陽秋曰劉曜入于京都六宮幽辱征西將軍南陽王模出降以模妃劉氏賜胡張平爲妻夫天下大器也羣生重畜也文子老子曰天下大器也不可執也不可爲也爲者敗之執者失之漢名臣奏陳風對問曰民如六畜在牧養者耳愛惡相攻利害相奪周易曰愛惡相攻而吉凶生情僞相感而利害生六韜曰利害相臻猶循環之無端其勢常也若積水于防燎火於原未嘗暫靜也周禮曰以防止水鄭玄曰偃豬畜流水之陂尚書曰若火之燎于原器大者不可以小道治勢動者不可以爭競擾古先哲王知其然也是以扞其大患而不有其功禦其大災而不尸其利禮記曰聖王之制祭祀也能禦

大災則祀之能扞大患則祀之百姓皆知上德之生已而不謂浚已以生也左氏傳子產寓書於子西以告宣子曰毋寧使人謂子子實生我而謂子浚我以生乎杜預曰浚取也是以感而應之悅而歸之如晨風之鬱北林龍魚之趣淵澤也毛詩曰鴥彼晨風鬱彼北林孫卿子曰川淵深而魚鼈歸之刑政平而百姓歸之川淵者龍魚之居也國家者士人之居也順乎天而享其運應乎人而和其義然後設禮文以治之斷刑罰以威之孝經曰安上治民莫善於禮毛詩序曰君臣上下動無禮文左氏傳叔向詒子產書曰嚴斷刑罰以威其淫謹好惡以示之審禍福以諭之孝經曰示之以好惡而民知禁謝承後漢書曰朱雋宣國威靈審示禍福求明察以官之篤慈愛以固之故衆知向方左氏傳叔向曰猶求聖哲之主明察之官忠信之長慈惠之師禮記曰樂行而人向方皆樂其生而哀其死鶡冠子所

謂人者惡死樂生恱其教而安其俗孟子曰萬乘之國行仁政民恱之猶解倒懸也老子曰安其居樂其俗君子勤禮小人盡力趙岐孟子章指曰治身勤禮君子所能家語曰子路治蒲孔子曰此其恭敬以信故其人盡力廉恥篤於家閭邪僻銷於胷懷廉恥已見上注禮記曰情慢邪僻之氣不設於身體故其民有見危以授命而不求生以害義論語子張曰士見危致命又子曰志士仁人無求生以害仁又況可奮臂大呼聚之以干紀作亂之事乎漢書淮南王安上疏曰陳勝吳廣奮臂大呼天下響應基廣則難傾根深則難拔文子曰人主之有民猶城之有基木之有根根深則本固基厚則上安理節則不亂膠結則不遷是以昔之有天下者所以長久也夫豈無僻主賴道德典刑以維持之也左氏傳韓厥曰三代之令王皆數百年保天之祿夫豈無辟王賴前哲以免也毛詩曰雖無老成人

尚有典刑故延陵季子聽樂以知諸侯存亡之數短長之期者蓋民情風教國家安危之本也左氏傳曰吳公子札來聘請觀於周樂使工爲之歌鄭曰其細已甚民不堪也是其先亡乎爲之歌齊曰表東海者其太公乎國未可量也昔周之興也后稷生於姜嫄而天命昭顯文武之功起於后稷毛詩序曰后稷生於姜嫄文武之功起於后稷故其詩曰思文后稷克配彼天又曰立我蒸民莫匪爾極毛詩周頌文也鄭玄曰周公思先祖之有文德者后稷之功能配天又播殖百穀蒸民乃粒天下無不於汝得其中者言反其性又曰實穎實栗即有邰胎家室毛詩大雅文也毛萇曰穎垂穎也鄭玄曰栗成熟也后稷教世種黍稷堯改封於邰就其家室無變更也至于公劉遭狄人之亂去邰之豳身服厥勞故其詩曰乃裹餱糧于橐託于囊毛詩大雅文毛萇曰小曰橐大曰囊鄭玄曰爲

狄人所迫逐不忍鬬其民裹糧食囊橐之中棄其餘而去陟則在巘復降在原以處其民毛詩大雅文也毛萇曰巘小山別於大山者也鄭玄曰由原而升巘復下在原言反覆之重民居以至于太王爲戎翟所逼而不忍百姓之命杖策而去之莊子曰太王亶父居邠狄人攻之太王曰與人之兄居而殺其弟與人之父居而殺其子吾不忍也子皆免居矣因杖策而去故其詩曰來朝走馬帥西水滸至于岐下毛詩大雅文鄭玄曰來朝走馬言其避惡早且疾也循西水涯漆沮側也謂亶父避狄循漆沮之水而至岐下周民從而思之曰仁人不可失也故從之如歸市毛萇詩傳曰古公處邠狄人侵之乃屬其耆老而告之曰吾聞之君子不以其養人而害人二三子何患無君去之踰梁山邑於岐山之下邠人曰仁人之君不可失也從之如歸市居之一年成邑二年成都三年五倍其初新序曰太王亶父止於岐下百姓扶老攜幼隨而歸之一年成邑二年成都三

年五倍其初每勞來而安集之毛詩序曰萬民離散不安其居而能勞來安集之故其詩曰乃慰乃止乃左乃右乃疆乃理乃宣乃畝毛詩大雅文也毛萇曰慰安也人心定乃安隱其居乃左右而處之乃疆理其經界乃時耕其田畝者鄭玄曰時耕曰宣以至于王季能貊其德音毛詩曰維此王季帝度其心貊其德音毛萇曰心能制義曰度貊靜也鄭玄曰德政應和曰貊故其詩曰克明克類克長克君載錫之光毛詩大雅文也左傳曰勤施無私曰類教誨不倦曰長慶賞刑威曰君毛萇曰光大也鄭玄曰載始也始使之顯著也至于文王備修舊德而惟新其命毛詩曰周雖舊邦其命惟新鄭玄曰太王國於周至文王而受命言新者美之也故其詩曰惟此文王小心翼翼昭事上帝聿懷多福毛詩大雅文也鄭玄曰小心翼翼恭順之貌也昭明也聿述也懷思也謂能明事上天又能述思多福由此觀之周家世積忠厚仁及

草木内睦九族外尊事黄耇養老乞言以成其福禄者也毛詩行葦序文而其妃后躬行四教禮記曰古婦人教以婦德婦言婦容婦功鄭玄毛詩箋曰法度莫大於四教尊敬師傅服澣濯之衣脩煩辱之事化天下以婦道毛詩葛覃序也詩曰葛之覃兮毛萇曰葛所以爲絺綌女功之事煩辱者也故其詩曰刑于寡妻至于兄弟以御于家邦毛詩大雅文也毛萇曰刑法也鄭玄曰御治也文王以禮法接其妻至于宗族又能爲正治於家邦是以漢濱之女守絜白之志中林之士有純一之德毛詩曰漢有游女不可求思鄭玄曰女雖出游漢水之上人無欲求犯禮者亦由貞絜使之然也毛詩曰肅肅兔罝施于中林赳赳武夫公侯腹心鄭玄曰亦言賢故曰文武自天保以上治内采薇以下治外始於憂勤終於逸樂毛詩六月序也鄭玄曰内謂諸夏也外謂夷狄也於是天下三

分有二猶以服事殷諸侯不期而會者八百猶曰天命未至論語孔子曰三分天下有其二以服事殷周之德其可謂至德已矣周書曰武王將渡河不期同時一朝會於武王郊祀下者八百諸侯史記曰武王至於孟津諸侯皆曰帝紂可伐武王曰天命未至也以三聖之智伐獨夫之紂猶正其名教曰逆取順守保大定功安民和衆琴操曰崇侯譖文王於紂曰西伯昌聖人也長子發中子旦皆聖三聖合謀將不利於君尚書武王曰獨夫受洪惟作威孔安國尚書傳曰湯順天應人逆取順守左氏傳楚子曰夫武禁暴戢兵保大定功安民和衆豐財猶著大武之容曰未盡善也論語孔子曰謂武盡美矣未盡善也及周公遭變陳后稷先公風化之所由致王業之艱難者則皆農夫女工衣食之事也毛詩七月序也故自后稷之始基靜民十五王而文始平之十六王而武始居

之十八王而康克安之國語曰靈王二十二年穀洛鬭王欲壅之太子晉諫曰后稷始基靜民十五王而文始平之十八王而康克安之其難也如是韋昭曰基始也靜安也自后稷播百穀以始安民凡十五王世脩其德至文王乃平民受命也十五王謂后稷不窋鞠陶公劉慶節皇僕差弗毀俞公非高圉亞圉公組太王王季文王也十八者加武王成王康王并上十五故其積基樹本經緯禮俗節理人情恤隱民事如此之纏緜也潘元茂九錫文曰經緯禮律王肅家語注曰經緯猶織以成之也國語祭公謀父曰勤恤民隱爰及上代雖文質異時功業不同文質已見上文及其安民立政者其揆一也安民已見上文尚書有立政篇孟子曰先聖後聖其揆一也今晉之興也功烈於百王事捷於三代蓋有爲以爲之矣禮記孔子曰昔者魯公伯禽有爲爲之宣景遭多難之時務伐英雄誅庶桀以便事左氏傳司馬侯曰或乃多難尸子曰

便事以立官也以固其國不及脩公劉太王之仁也受遺輔政屢遇廢置故齊王不明不獲思庸於亳魏志曰齊王芳字蘭卿明帝崩即皇帝位大將軍司馬景王廢帝以太后令遣芳歸藩于齊尚書曰太甲既立弗明伊尹放諸桐宫三年復歸于亳思庸也高貴沖人不得復子明辟魏志曰高貴鄉公諱髦字士彦齊王廢即皇帝位魏氏春秋曰帝自出討文王擊戰鼓出雲龍門賈充自外入帝師潰騎督成倅弟濟以矛進帝崩于師尚書曰惟予沖人弗及知又周公曰朕復子明辟二祖逼禪代之期不暇待叁分八百之會也二祖景文是其創基立本異於先代者也景福殿賦曰武創元基又加之以朝寡純德之士鄉乏不二之老尚書曰昔君文武則有不二心之臣風俗淫僻恥尚失所學者以莊老爲宗而黜六經干寶晉紀劉弘教曰太康以來天下共尚無爲貴談莊老少有說事談者以虛薄爲

辯而賤名儉王隱晉書曰王衍不治經史唯以莊老虛談惑衆劉謙晉紀應瞻表曰元康以來以儒術清儉爲群俗行身者以放濁爲通而狹節信劉謙晉紀應瞻表曰以宏放爲夷達王隱晉書曰貴遊子弟多祖述於阮籍同禽獸爲通又傳玄上䟽曰魏文慕通達而天下賤守節也進仕者以苟得爲貴而鄙居正鄭玄毛詩箋曰禄仕者苟得禄而已公羊傳曰君子大居正當官者以望空爲高而笑勤恪劉謙晉紀應瞻表曰元康以來望白署空顯以台衡之量尋文謹案目以蘭薰之器是以目三公以蕭杌之稱標上議以虛談之名干寶晉紀云言君上之議虛談也蕭杌未詳劉頌屢言治道傳咸每糾邪正皆謂之俗吏干寶晉紀曰劉頌在朝忠正才經政事武帝重之訪以治道悉心陳奏多所施行又曰尚書郭啓出赴妹葬疾病不辭左丞傳咸糾之尚書弗過王隱晉書傳玄曰論經禮者謂之俗生説法理者名爲俗吏其倚杖虛曠依阿無心者皆名

重海内若夫文王日昃不暇食仲山甫夙夜匪懈者尚書曰文王自朝至于日中側弗皇暇食毛詩曰肅肅王命仲山甫將之夙夜匪懈以事一人蓋共嗤點以爲灰塵而相詬火候反病矣鄭玄毛詩箋曰言時人骨肉無相詬病也說文曰詬恥也由是毀譽亂於善惡之實情慝奔於貨慾之塗選者爲人擇官官者爲身擇利謝承後漢書呂強上疏曰苟寵所愛私擢所幸不復爲官擇人反爲人擇官也而秉鈞當軸之士身兼官以十數毛詩曰秉國之鈞四方是維桓寬鹽鐵論曰車丞相當軸處中括囊不言大極其尊小錄其要機事之失十恒八九漢書解故曰機事所揔號令攸發胡廣曰機密之事而世族貴戚之子弟陵邁超越不拘資次崇讓論曰非勢家之子率多因資次而進之悠悠風塵皆奔競之士孔安國論語注曰悠悠周流之貌風塵以喻汙辱也晉諸公讚曰人人望

品求奔競者列官千百無讓賢之舉孫卿子曰天子千官諸侯百官史記曰司馬季主曰試官不讓賢子眞著崇讓而莫之省干寶晉紀曰時禮讓未興賢者壅滯少府劉寔著崇讓論孫盛晉陽秋曰劉寔字子眞平原人子雅制九班而不得用王隱晉書曰劉頌字子雅轉吏部尚書爲九班之制裴頠有所駮長虞數直筆而不能糾孫盛晉陽秋曰司隸校尉傅咸勁直正厲果於從政先後彈奏百寮王戎多不見從其婦女莊櫛織紝女金反皆取成於婢僕禮記曰婦事舅姑如事父母鷄初鳴咸盥漱櫛縰笄織紝見下句未嘗知女工絲枲胥里反之業中饋酒食之事也禮記曰女子十年不出執麻枲治絲繭織紝組紃周易曰在中饋無攸遂毛詩曰乃生女子無非無儀酒食是議先時而婚任情而動故皆不恥淫逸之過不拘妒忌之惡有逆于舅姑有反易剛柔有殺戮妾媵有黷亂上下爾雅曰婦

稱夫之父曰舅稱夫之母曰姑禮記曰婦將有事大小必請於舅姑又曰男子親迎男先於女剛柔之義也公羊傳曰媵者何諸侯娶一國則二國往媵之以姪娣禮記曰婚禮者上以事宗廟而下以繼後世也尚書說命曰黷于祭祀時謂弗欽父兄弗之罪也天下莫之非也又況責之聞四教於古修貞順於今以輔佐君子者哉四教已見上文列女傳宋鮑女宗曰貞順婦人之至行也毛詩序曰后妃又當輔佐君子求賢審官禮法刑政於此大壞如室斯構而去其鑿契如水斯積而決其隄防呂氏春秋曰若積大水而失其壅隄矣如火斯畜而離其薪燎也國之將亡本必先顛其此之謂乎左氏傳齊仲孫謂齊侯曰臣聞國之將亡本必先顛而後枝葉從之故觀阮籍之行而覺禮教崩弛之所由干寶晉紀曰阮籍宏逸曠遠居喪不帥常檢察庾純賈充之事而見師尹之多僻干寶晉紀曰賈充饗

衆官庾純後至充曰君行常居人前今何以在後純曰有小市井事不了是以後世俗言純乃祖爲五伯又曰充之先爲市魁故以戲荅

考平吴之功知將帥之不讓

干寶晉紀曰王渾愧久造江而王濬先之乃表濬違詔不受已節度濬上書自陳曰惡直醜正實繁有徒欲構南箕成此貝錦

思郭欽之謀而悟戎狄之有釁

干寶晉紀御史大夫郭欽上書曰戎狄強獷歷古爲患今西北郡皆與戎居若百年之後有風塵之警胡騎自平陽上黨不三日至盟津及平吴之盛出北地西河安定復上郡置馮翊平陽帝弗聽

覽傅玄劉毅之言而得百官之邪

干寶晉紀傅玄上書曰昔魏氏虛無放誕之論盈於朝野使天下無復清議而亡秦之病復發於今又上顧謂劉毅曰朕方漢何主對曰桓靈帝曰吾雖不及古賢猶尅己爲治方之桓靈不亦甚乎對曰桓靈賣官錢入於官陛下賣官錢入私門以此言殆不若也

核傅咸之奏錢神之論而覩寵賂之彰

干寶晉紀司隸校尉傅咸上書曰臣以貨賂流行所宜深絶又曰魯褒字元道南陽人作錢神論左氏傳曰取

郜大鼎于宋臧哀伯諫曰官之失德寵賂彰也民風國勢如此雖以中庸之才守文之主治之賈誼過秦篇曰陳涉材能不及中庸論語曰中庸之爲德也其至矣乎民鮮久矣何晏曰庸常也中和可常行之德也公羊傳曰繼文王之體守文王之法度何休曰引文王者文王始受命制度也辛有必見之於祭祀季札必得之於聲樂左氏傳曰初平王之東遷也辛有適伊川見被髮而祭於野者曰不及百年此其戎乎其禮先亡矣又曰季札來聘請觀樂使工爲之歌陳曰國無主其能久乎范燮必爲之請死賈誼必爲之痛哭左氏傳曰范燮反自鄢陵之役使其祝宗祈死曰君無禮而克敵天益其疾矣愛我者唯祝使我速死無及於難范氏之福也漢書賈誼上疏曰可爲痛哭者一也又況我惠帝以蕩蕩之德臨之哉惠帝已見西征賦毛詩曰蕩蕩上帝下民之辟故賈后肆虐於六宮韓午助亂於外內其所由來者漸矣豈特繫一婦人之惡乎

干寶晉紀曰賈庶人賜死初武帝爲太子取后在宮不恭遜而甚妬忌有孕者輒殺子或以手戟擿之子隨刃墜又曰韓壽妻賈午寔始助亂懷帝承亂之後得位羈於彊臣干寶晉懷紀曰太傅東海王越總兵輔政愍帝奔播之後徒厠其虛名干寶晉紀曰洛京傾覆秦王業避難密南趣許潁豫州刺史閻鼎以天下無主有輔立之計天下之政既已去矣非命世之雄不能取之矣孟子曰五百年必有王者興其間必有名世者廣雅曰命名也然懷帝初載嘉禾生于南昌徐廣晉紀曰太康五年八月嘉禾生南昌九月懷帝生毛詩曰文王初載天作之合載猶生也望氣者又云豫章有天子氣干寶晉紀曰初望氣者言豫章廣陵有天子氣及國家多難宗室迭興毛詩曰維予小子未堪家多難史記太史公曰遞興遞廢能者用事以愍懷之正淮南之壯成都之功長沙之權皆卒於傾覆王隱晉書曰愍懷太子遹立爲皇太子賈后無子妬害滋

甚廢太子爲庶人送太子于許昌宮之别坊矯詔使小黄門孫慮害太子趙王倫酖殺賈后帝詔謚適爲愍懷皇太子又曰武皇帝男允字欽度封淮南王領中護軍孫秀既害石崇等以懼允允遂進圍相府相國趙王倫閉門允兵四勝陷破無前倫息虔僞云有詔助淮南王王下車受詔遂害允又曰穎字章度封成都王拜越屯騎校尉趙王倫篡位穎謀舉義兵迎天子倫死後廢太子覃立穎爲皇太弟張方廢穎歸蕃遣田徽殺之於鄴又曰乂字士度封長沙王拜步兵校尉齊王冏相攻冏敗縛至上前乂叱左右斬之河間王顒欲廢太子立成都王欲先誅乂出征連戰敗走遂誅之

而懷帝以豫章王登天位于寶晉惠紀曰詔豫章王熾爲皇太弟皇帝崩太弟即位崩謚曰孝懷皇帝尚書曰天位艱哉劉向之讖云滅亡之後有少如水名者得之起事者據秦川西南乃得其朋案愍帝蓋秦王之子也得位於長安長安固秦地也于寶晉愍紀曰關中建秦王業爲皇太子本吴孝王之子出爲秦獻王後皇帝崩太子即位于長安崩謚曰愍皇帝

而西以南陽王爲右丞相東以琅邪王爲左丞相干寶晉紀愍帝詔琅邪王叡曰今以王爲侍中左丞相督陝東諸軍事右丞相南陽王督陝右諸軍事臧榮緒晉書曰南陽王保字景度太尉模世子或以南陽王爲秦王非也上諱業故改鄴爲臨漳漳水名也由此推之亦有徵祥而皇極不建禍辱及身皇極已見上文豈上帝臨我而貳其心毛詩曰上帝臨汝無貳爾心將由人能引道非道引人者乎淳燿之烈未渝故大命重集于中宗元皇帝晉中興曰中宗元皇帝諱睿字景文嗣爲琅邪王愍帝崩于平陽陟皇帝位國語史伯曰黎爲高辛氏火正以淳燿敦大光照四海夫成天地之大功者其子孫未嘗不章韋昭曰淳大也燿明也

後漢書皇后紀論一首　范蔚宗

夏殷以上后妃之制其文略矣周禮王者立后三夫人

九嬪二十七世婦八十一女御以備內職焉后正位宮闈同體天王夫人坐論婦禮九嬪掌教四德世婦主知喪祭賓客女御序于王之燕寢頌官分務各有典司禮記曰舜葬於蒼梧之野蓋三妃未之從也鄭玄曰帝嚳立四妃以象后妃四星其一明者爲正妃餘三小者次妃也帝堯因焉至舜不告而娶不立正妃但立三妃而已夏后氏增以三三而九合十二人春秋說云天子娶十二即夏制也以虞夏及周制差之則殷人又增以三九二十七合三十九人周人上法帝嚳立正妃又三三九二十七爲八十一以增之合百二十一人其位后也夫人也婦也嬪也女御也五者相參以定尊卑周禮曰九嬪掌婦學之法教九御婦德婦言婦容婦功各帥其屬而以時御敘于王所世婦掌祭祀賓客喪紀之事女御書敘于王之燕寢以歲時獻功事女史掌王后之禮職掌內治之貳以詔后治內政也女史彤管記功書過毛詩曰靜女其孌貽我彤管毛萇曰古者后夫人必有女史彤管之法女史不記其過其

罪殺之居有保阿之訓動有環珮之響列女傳曰齊孝孟姬者華氏之長女齊孝公之夫人也孝公遊於琅邪華姬從後車奔姬墮車碎孝公使駟馬載姬以歸姬曰妾聞妃后踰閾必乘安車輜軿下堂必從傅母保阿進退則鳴玉珮環今立車無軿非敢受命也曹大家曰玉環珮珮玉有環進賢才以輔佐君子哀窈窕而不淫其色毛詩序曰關雎樂得淑女以配君子憂在進賢不淫其色哀窈窕思賢才所以能述宣陰化脩成內則魏文帝典論曰欲納二女充備六宮佐宣陰教聿脩古義又禮記有內則篇閨房肅雍險謁不行者也毛詩序曰王姬猶執婦道以成肅雍之德又曰后妃內有進賢之志而無險詖私謁之心故康王晚朝關雎作諷宣后晏起姜氏請愆列女傳曰曲沃負謂其子如耳曰周之康王晏出朝關雎預見虞貞節曰其夫人晏出故作關雎之歌以感誨之列女傳曰姜后者齊侯之女宣王之后也宣王嘗夜卧而晏起后夫人不出於房姜后既出乃脱簪珥待罪於永巷曰妾不才妾之淫心見

矣至使君王失禮而晏朝及周室東遷禮序凋缺諸侯僭縱軌制無章史記曰平王東徙雒邑周室微諸侯以強并弱齊桓有如夫人者六人左氏傳曰齊侯之夫人三王姬徐嬴蔡姬皆無子齊侯好內多寵內嬖如夫人者六人長衛姬生武孟少衛姬生惠公鄭姬生孝公葛嬴生昭公密姬生懿公宋華子生公子雍公與管仲屬孝公於宋襄公以爲太子雍巫有寵於衛恭姬因寺人貂以薦羞於公亦有寵也公許之立武孟管仲卒五公子皆求立齊桓公卒易牙入與貂因寵以殺群吏而立公子無虧孝公奔宋晉獻升戎女爲元妃左氏傳曰初晉侯欲以驪姬爲夫人卜之不吉筮之吉公曰從筮立之生奚齊其娣生卓子及將立奚齊既與中大夫成謀姬謂太子曰君夢齊姜必速祭之太子祭於曲沃歸胙于公公田姬寘諸宮六日公至毒而獻之公祭之地地墳與犬犬斃與小臣小臣亦斃姬泣曰賊由太子太子奔新城自縊而死終於五子作亂冢嗣遘屯五子齊武孟等冢嗣晉太子也爰逮戰國風憲愈薄適情任欲顛倒衣裳

毛詩曰綠兮衣兮綠衣黄裳鄭玄曰今衣黑而黄裳諭亂嫡妾之禮也以至破國亡身不可勝數斯固輕禮弛防先色後德者也秦并天下多自驕大官備七國爵列八品當秦之時凡有七國秦并其六國故內職皆備置之而爵列八品焉漢書曰漢興因秦之稱號正嫡稱皇后妾皆稱夫人又有美人良人八子長使少使之號焉漢興因循其號而婦制莫釐孔安國尚書傳曰釐理也力之切高祖帷薄不修孝文衽席無辨漢書曰高祖得戚姬愛幸常從呂后年長常留守希見大戴禮曰古者大臣坐汚穢淫亂男女亡别者不曰汚穢曰帷薄不修漢書孝文竇皇后景帝母也上幸上林皇后慎夫人從其在禁中常同坐桓子新論曰文帝慎夫人與皇后同席以亂尊卑鄭玄周禮注曰衽席單席然而選納尚簡飾玩華少自武元之後世增淫費至乃掖庭三千增級十四班固漢書贊曰漢興因秦之稱號至武帝制婕妤元帝加昭儀之號凡十四

等妖倖毁政之符外姻亂邦之迹前史載之詳矣及光武中興斲雕爲朴漢書班固曰漢興破觚爲圜斲雕爲朴六宮稱號惟皇后貴人金印紫綬俸不過粟數十斛又置美人宮人采女三等並無爵秩歲時賞賜充給而已漢法常因八月筭民遣中大夫與掖庭丞及相工於洛陽鄉中閱視良家童女年十三以上二十以下姿色端麗合法相者載還後宮擇視可否乃用登御所以明慎聘納詳求淑哲應劭風俗通曰采女案采者擇也以歲八月雒陽民遣中大夫與掖庭丞相工閱視童女年十三以上二十以下長壯妖絜有法相者載入後宮明帝聿遵先旨宮教頗修登建嬪后必先令德內無出閫之言權無私溺之授可謂矯其弊

矣禮記曰外言不入於閫內言不出於閫向使因設外戚之禁編著甲令如淳漢書注曰甲令者前帝第一令改正后妃之制貽厥方來豈不休哉毛詩曰詒厥孫謀雖御已有度而防閑未篤毛詩序曰魯桓公不能防閑文姜故孝章以下漸用色授范曄後漢書曰肅宗孝章皇帝諱炟顯宗第五子也炟丁達反恩隆好合遂忘淄蠹自古雖主幼時艱王家多釁委成冢宰簡求忠貞未有專任婦人斷割重器重器神器也唯秦芈太后始攝政事故穰侯權重於昭王家富於嬴國史記曰秦武王取魏女爲后無子立異母弟爲昭襄王襄王母楚人姓芈氏號宣太后又曰穰侯之富富於王家魏人范雎說秦昭王言穰侯擅權於諸侯漢仍其謬知患莫改東京皇統屢絕權歸女主外立者四帝臨朝者六后范曄後漢書曰孝安

皇帝諱祐父清河孝王慶殤帝崩鄧太后與兄騭定策禁中立之又曰安帝崩閻太后與兄顯立濟北惠王子北鄉侯懿又曰桓帝諱志父蠡吾侯質帝崩梁太后與兄冀立之又曰靈帝諱宏父萇解瀆亭侯桓帝崩竇太后與父武立之又曰章德竇皇后和帝即位太后臨朝和熹鄧皇后立殤帝太后臨朝安思閻皇后立少帝太后臨朝順烈梁皇后立沖帝太后臨朝桓思竇皇后立靈帝太后臨朝曹節等遷太后於南宮雲臺家屬徙北景又曰靈思何皇后帝崩皇子辯即位太后臨朝董卓遷於永安宮莫不定策帷帟委事父兄貪孩童以久其政抑明賢以專其威任重道悠利深禍速身犯霧露於雲臺之上家纓縲紲於圄犴岸之下范曄後漢書謝弼上封事曰竇太后幽隔空宮如有霧露之疾陛下何面目以見天下論語子曰公冶長可妻也雖在縲紲之中非其罪也毛詩曰宜犴宜獄湮滅連踵傾輈繼路運命論曰前鑒不遠覆車繼軌王隱晉書曰劉務商貨繼路而赴蹈不息燋爛爲期嵇康與山巨源

書曰禽鹿長而見羈則赴蹈湯火袁崧後漢書朱穆上疏曰養魚沸鼎之中棲鳥烈火之上用之不時必見燋爛也終於陵夷大運淪亡神寶漢書張釋之曰秦陵夷至于二世天下土崩史記作陵遲漢書哀帝詔曰尚書曰考終命言大運一終也詩書所歎略同一揆毛詩曰赫赫宗周褒姒威之毛萇曰威滅也尚書曰古人有言牝雞之晨惟家之索故考列行迹以爲皇后本紀雖成敗事異而同居正號者並列于篇其以恩私追尊非當世所奉者則隨他事附出親屬别事各依列傳其餘無所見則係之此紀以纘西京外戚云爾私恩謂桓順外立即位以私恩尊其母后似此者則隨他事附出不同此篇

文選卷第四十九

賜進士出身通奉大夫江南蘇松常鎮太等處承宣布政使司布政使胡克家重校刊

文選卷第五十

梁昭明太子撰

文林郎守太子右内率府録事參軍事崇賢館直學士臣李善注上

史論下

范蔚宗後漢二十八將論一首

宦者傳論一首　逸民傳論一首

沈休文宋書謝靈運傳論一首

恩幸傳論一首

史述贊

班孟堅漢書述高紀贊一首

述成紀贊一首

述韓彭英盧吴傳贊一首

范蔚宗後漢書光武紀贊一首

史論下

後漢書二十八將傳論一首　范蔚宗

論曰中興二十八將前世以爲上應二十八宿未之詳也中興謂漢有王莽篡位後光武復興爲中興也天有二十八宿將以輔君洽化者也然咸能感會風雲奮其智勇周易曰雲從龍風從虎史記太史公曰相如其處智勇可謂兼之稱爲佐命亦各志能之士也李陵書曰其餘佐命立功之士議者多非光武不以功臣任職至使英姿茂績委而勿用謝承後漢書序曰中

徒蟠英姿磊落潘岳楊肇誄曰茂績惟嘉然原夫深圖遠筭固將有以爲爾若乃王道既衰降及霸德猶能授受惟庸勳賢兼序如管隰之迭升桓世先趙之同列文朝可謂兼通矣左氏傳寺人披曰齊桓公置射鉤而使管仲相又曰齊桓衛姬之子有寵於僖公有鮑叔牙隰朋以爲輔佐又曰晉蒐于被廬命趙衰爲卿讓於先軫杜預曰先軫晉下軍之佐原軫也降自秦漢世資戰力至於翼扶王室皆武人屈起亦有鬻繒盜狗輕猾之徒漢書曰灌嬰睢陽販繒者也高高祖爲沛公以中涓從後剖符食潁陰至丞相又曰樊噲沛人也以屠狗爲事高祖爲沛公以舍人從後封舞陽侯或崇以連城之賞或任以阿衡之地班固漢書賛曰藩國大者跨州兼郡連城數十毛詩曰實惟阿衡左右商王毛萇曰阿衡伊尹也故勢疑則隙生力侔則亂起蕭樊且猶縲紲信越終見葅戮不其

然乎李陵書曰昔蕭樊囚執韓彭葅醢自茲以降訖于孝武宰輔五世
莫非公侯遂使縉紳道塞賢能蔽壅司馬相如封禪書曰因雜縉紳先生
之略術臣瓚曰縉赤色紳大帶也朝有世及之私下多抱關之怨禮記曰大
人世及以爲禮漢書曰蕭望之署小苑東門候王仲翁謂望之曰不肯錄錄反抱關爲其懷道無
聞委身草莽者亦何可勝言論語陽貨謂孔子曰懷其寶而迷其邦淮南子曰令
至人生於亂世含德懷道而死者衆天下莫知貴其不言也故光武鑒前事之違存
矯枉之志班固漢書贊曰漢興懲強秦之敗大啓九國可謂矯枉過其正也雖寇鄧之
高勳耿賈之鴻烈分土不過大縣數四所加特進朝請
而已范曄後漢書曰寇恂字子翼封雍奴侯邑萬戶爲執金吾鄧禹字仲華爲大司徒封高密侯食邑四
縣耿弇字伯昭封好畤侯食二縣以列侯奉朝請賈復字君文封膠東侯食六縣以列侯加位特進蔡邕獨斷

曰諸侯功德優盛朝廷所異者賜位特進位在三公下孟康漢書注曰律春曰朝秋曰請觀其治平臨政課職責咎將所謂道之以法齊之以刑者乎論語子曰導之以政齊之以刑民免而無恥若格之功臣其傷已甚何者直繩則虧喪恩舊撓情則違廢禁典范曄後漢書第五倫上疏曰臣愚以爲貴戚可封侯以富之不當職事以任之何者繩以法則傷恩私以親則違憲選德則功不必厚舉勞則人或未賢參任則群心難塞並列則其弊未遠言選德棄功參差雜用即怨望必多故云難塞若論功棄德並列於朝即葅戮相仍故云未遠不得不校其勝否即事相權言尊功而不尊德此功權於德任德而不任功此德權於功漢書曰量資弊權輕重於是有母權子而行有子權母而行韋昭曰重爲母輕爲子衡平也故高秩厚禮允荅元功峻文深憲責成吏職漢書曰翟方進爲相峻文深詆中傷者尤多建

武之世建武光武年號侯者百數若夫數公者則與參國議分均休咎其餘並優以寬科完其封祿莫不終以功名延慶于後范曄後漢書郎顗上疏曰攘災延慶號令天下昔留侯以爲高祖悉用蕭曹故人郭伋亦議南陽多顯鄭興又戒功臣專任漢書曰上望見諸將往往數人偶語上曰此何語張良曰此謀反耳陛下起布衣與此屬取天下已爲天子而所封皆蕭曹故人所誅者皆平生仇怨故相聚謀反耳范曄後漢書曰光武以郭伋爲并州牧過京師謝恩帝即引見伋因言選補衆職當簡天下賢俊不宜專用南陽人帝納之又曰鄭興字少贛河南人徵爲太中大夫上疏曰道路流言咸曰朝廷欲用功臣功臣用則人位謬矣夫崇恩偏授易啓私溺之失至公均被必廣招賢之路意者不其然乎班固漢書引曰崇恩德以撫海內仲長子昌言曰人主臨之以至公永平中顯宗追感前世功臣顯宗明帝

乃圖畫二十八將於南宮雲臺其外又有王常李通竇融卓茂范曄後漢書曰王常字顏卿潁川人封山桑侯拜爲橫野大將軍位次與諸將絶席又曰李通字次元南陽人封固始侯拜大司空又曰竇融字周公扶風人封安豐侯爲衛尉又曰卓茂字子康南陽人爲密令世祖即位以茂爲太傅合三十二人故依本第係之篇末以志功次云爾

宦者傳論一首

范蔚宗

宦者養也養閹人使其看宮人此是小臣後漢用之尊重故集爲傳論

易曰天垂象聖人則之宦者四星在皇位之側仲長子昌言曰天文宦者四星在帝座傍而周禮有其官職故周禮置官亦備其數閽者守中門之禁周禮曰閽人掌守王宮中之門禁鄭玄曰中門於外内爲中寺侍人掌女

宮之戒周禮曰寺人掌王之內人及女宮之戒令又云王之正內者五人周禮曰寺人王之正內五人鄭玄曰正內路寢也月令仲冬閹尹審門閭謹房室禮記文也鄭玄曰閹尹主領閹豎之官也於周則爲內宰掌治王之內政宮令譏出入及關閉之屬也重閉外內門詩之小雅亦有巷伯刺讒之篇毛詩小雅曰巷伯刺幽王也寺人傷於讒而作是詩也毛萇曰巷伯內小臣也然宦人之在王朝者其來舊矣將以其體非全氣情志專良通關中人易以役養乎老子曰未知牝牡之合而全作王弼曰作長也無物以損其身故全長也漢書曰元帝以石顯久典事中人無外黨精專可信任遂委以政應劭漢官儀曰掖庭後宮所處中宮謂諸中人然而後世因之才任稍廣其能者則勃貂管蘇有功於楚晉左氏傳曰呂郤畏偪焚公宮而殺晉侯寺人披請見公見之以難告又曰晉侯問原守於寺人勃鞮對曰昔趙衰以壺飧從徑餧而弗食故使處原

杜預曰勃鞮披也史記以勃鞮爲履貂上新序曰楚恭王有疾告諸大夫曰管蘇犯我以義違我以禮與處不安不見不思然而有德焉吾死之後爵之於朝申侯順吾所欲行吾所樂與處則安不見則思然未嘗有得焉必速遣之景監繆賢著庸於秦趙史記曰商鞅入秦因孝公寵臣景監以求見又曰藺相如爲趙宦者令繆賢舍人趙求人使報秦者未得宦者令繆賢曰臣舍人藺相如可使及其弊也豎刁亂齊伊戾禍宋左氏傳曰齊桓公卒易牙入與寺人貂因內寵以殺群吏而立公子無虧孝公奔宋杜預曰寺人內閹官豎刁也史記曰豎貂爲豎刁並音凋左氏傳曰楚客聘於晉過宋太子知之請野享之公使往伊戾請從至則爲坎用牲加書徵之而騁告平公曰太子將爲亂既與楚客盟矣公使視之則信有焉太子死公徐聞其罪乃烹伊戾漢興仍襲秦制置中常侍官然亦引用士人以參其選皆銀璫左貂給事殿省范曄後漢書朱穆曰案漢故事中常侍或用士人建武以後乃悉用宦者假貂璫之飾任常伯之職及高后稱制

乃以張卿爲大謁者出入卧内受宣詔令漢書高后紀曰太后臨朝稱制蔡邕曰天子命令之别二曰制書然制非皇后所行故曰稱也漢書劉澤傳田生求事呂氏所幸大謁者張釋卿如淳曰奄人也呂后紀云張釋劉澤傳又曰張卿然則張釋字子卿今漢書或爲釋卿誤也仲長子昌言曰宦豎傳近房卧之内交錯婦人之間文帝時有趙談北宫伯子頗見親幸漢書曰孝文時宦者則趙談北宫伯子至於孝武亦愛李延年漢書曰孝武時宦者李延年帝數宴後庭或潛遊離館故請奏機事多以宦人主之漢書曰蕭望之以武帝遊燕後庭故用宦者非國之舊制仲長子昌言曰至於武皇遊燕後庭置中書之官領受軍事漢官解故曰機事所摠號令攸發胡廣曰機密之事元帝之世史游爲黄門令勤心納忠有所補益漢書曰急就一篇元帝黄門令史游作董巴輿服志曰禁門曰黄闥中人主之其後引恭石顯以佞險自進卒有蕭周之禍

損穢帝德焉漢書曰前將軍蕭望之及光祿大夫周堪建議以爲宜罷中書宦官應古不近刑人由是大與石顯忤後皆害焉望之自殺堪廢錮不得復進用中興之初宦官悉用閹人不復雜調他士如淳漢書注曰調選也至永平中始置員數中常侍四人小黃門十人和帝即祚幼弱而竇憲兄弟專總權威范曄後漢書曰孝和皇帝諱肇肅宗子也年十歲竇太后詔曰竇憲朕之元兄當以舊典輔斯職焉內外臣僚莫由親接所與居者惟閹官而已故鄭衆得專謀禁中終除大憝徒對反史記曰景帝居禁中如淳漢書注曰省中本爲禁中蔡邕曰禁中者門戶有禁非侍御不得入故曰禁中尚書曰元惡大憝遂享分土之封超登宮卿之位於是中官始盛焉范曄後漢書曰鄭衆字季產南陽人和帝初竇憲圖作不軌衆遂首謀誅之以功遷大長秋封鄛鄉侯自明帝以後迄乎延平范曄後漢

書曰安帝年號延平委用漸大而其資稍增中常侍至有十人小黃門亦二十人改以金璫右貂兼領卿署之職鄧后以女主臨政而萬機殷遠和熹鄧后巳見皇后紀論朝臣圖議無由參斷帷幄稱制下令不出房闈之閒不得不委用刑人寄之國命范曄後漢書朱穆曰自和熹太后以女主稱制不接公卿乃以閹人爲常侍小黃門通命兩宮手握王爵口含天憲范曄後漢書諫議大夫劉陶上疏訟朱穆曰今權宦傾擅朝室手握王爵口含天憲非所以崇尊顯之高業守和平之隆祚非復掖庭永巷之職閨牖房闈之任也漢書曰掖庭入丞又曰永巷官皆取其領事之號或曰永巷則曰永巷僕射其後孫程定立順之功曹騰參建桓之策范曄後漢書曰孫程字稚卿涿郡人安帝時爲中黃門時江京等廢皇太子爲濟陰王明年帝崩立北鄉侯爲天子十月北鄉侯疾篤程謂濟

陰王謂者長與渠曰王以嫡統遂至廢黜若北鄉不起共斬江京事乃可成渠然之北鄉薨程與十八人謀於西鍾下皆截衣爲誓斬江京迎濟陰王立之是爲順帝封程浮陽侯又曰順帝諱保安帝之子又曰曹騰遷中常侍桓帝立騰以定策封費亭侯大長秋續以五侯合謀梁冀受鉞范曄後漢書曰單超河南人徐璜下邳人具瑗魏郡人左悺河南人唐衡潁川人桓帝呼超悺入室謂曰梁將軍兄弟專國今欲誅之於常侍意如何超等對曰誠國姦賊當誅日久五人遂定其議帝齧超臂出血爲盟於是詔收冀悉誅之超封新豐侯璜武原侯瑗東武侯悺上蔡侯衡汝陽侯五人同日封故俗謂之五侯迹因公正恩固主心故中外服從上下屏氣屏氣言恐懼也論語曰屏氣似不息者范曄後漢書曰陽球既誅王甫權門聞之莫不屏氣或稱伊霍之勳無謝於往載或謂良平之畫復興於當今伊尹霍光張良陳平雖時有忠公而競見排斥舉動迴山海呼吸變霜露阿旨曲求則寵光

三族直情忤意則參夷五宗漢之綱紀大亂矣陳琳檄曰所愛光五宗所惡滅三族若夫高冠長劒紆朱懷金者布滿宮闈枚乘兎園賦曰高冠扁焉長劒閑焉法言曰或問使我紆朱懷金其樂不可量也李軌曰朱紱也苴子余茅分虎南面臣民者蓋以十數尚書緯曰天子社東方青南方赤西方白北方黑上冒以黃土封諸侯各取方土苴以白茅以爲社漢舊儀曰郡分銅虎符三府署第館基列於都鄙子弟支附過半於州國南金和寶冰紈霧縠之積盈牣刃珍藏毛詩曰元龜象齒大賂南金韓子曰楚人和氏得玉璞於楚山之中奉而獻之王使玉人理其璞而得寶焉漢書曰齊地織作冰紈臣瓚曰紈之細密如堅冰也子虛賦雜纖羅垂霧縠嬙媛侍兒歌童舞女之玩充備綺室左氏傳子西曰今聞夫差宿有妃嬙嬪御焉杜預曰妃嬙貴者也嬙音墻漢書曰初袁盎爲吴相時從史盜私盎侍兒文穎曰婢也仲長子昌言曰爲音樂則歌

（兒舞女干曹而迭起左氏傳晏子謂齊侯曰高臺深池撞鍾舞女）狗馬飾彫文土木被緹繡（漢書東方朔曰土木衣綺繡狗馬被繢罽佞倖傳曰董賢起大第闕下土木之功窮極伎巧柱檻衣以綈錦）皆剝割萌黎競恣奢欲搆害明賢專樹黨類其有更相援引希附權彊者皆腐身薰子以自衒達（班固漢書曰司馬遷述曰嗚呼史遷薰胥以行刑韋昭曰古者腐刑必薰合之）同弊相濟故其徒有繁（潘元茂九錫文曰同惡相濟尚書曰簡賢附勢實繁有徒）敗國蠹政之事不可殫書所以海內嗟毒志士窮棲（韋昭國語注曰山居曰棲）寇劇緣間搖亂區夏（劉騊駼與李子堅書曰下車負乘寇賊未禽韓詩曰讒言緣間而起）雖忠良懷憤時或奮發而言出禍從旋見孥戮（尚書曰予則孥戮汝）因復大考鉤黨轉相誣染（東觀漢記曰靈帝時故太僕杜密故長樂少府李膺各爲鉤黨尚書曰下大州考治

時上年十三問諸常侍曰何鉤黨諸常侍對曰鉤黨人即黨人也即可其奏凡稱善士莫不罹被災毒桓子新論曰居家循理鄉里和順出入恭敬言語謹遜謂之善士竇武何進位崇戚近乘九服之囂怨協群英之勢力周書曰乃辨九服之國謝承後漢書曰黃向對策以爲群英之表而以疑留不斷至於殄敗斯亦運之極乎范曄後漢書曰竇武字游平扶風人也女立爲皇后武爲大將軍謀誅中官曹節等矯詔將兵誅武又曰何進字遂高南陽人也女弟立爲皇后爲大將軍靈帝崩袁紹說進令誅中官謀泄張讓趙忠等因進入省共殺進應劭風俗通曰秦因愚弱之極運雖袁紹龔行芟夷無餘范曄後漢書曰袁紹勒兵斬趙忠捕宦官無少長悉斬之張讓投河而死尚書曰今予恭行天之罰左氏傳君子曰周任有言爲國家者見惡如農夫之務去草焉芟夷蘊崇之絕其本根勿使能殖然以暴易亂亦何云及史記伯夷歌曰登彼西山兮言采其薇以暴易亂兮不知其非自曹騰說梁冀

音立昏弱曹騰梁冀已見上文昏弱謂桓帝也魏武因之遂遷龜鼎魏武曹操也龜鼎國之守器以喻帝位也尚書曰寧王遺我大寶龜紹天明即命左氏傳王孫滿曰桀有昏德鼎遷於商商紂暴虐鼎遷於周所謂君以此始必以此終信乎其然矣左氏傳曰晉荀林父及楚子戰於邲楚子見左廣將從之乘屈蕩尸之曰君以此始必以此終

逸民傳論一首何晏論語注曰逸民言節行超逸

范蔚宗

易稱遯之時義大矣哉易曰艮下乾上遯彖曰遯之時義大矣哉孔子曰遯逃也謂去代不求利是其大也又曰不事王侯高尚其事周易蠱卦上九爻辭是以堯稱則天而不屈潁陽之高論語子曰唯天爲大唯堯則之呂氏春秋曰昔堯朝許由於沛澤之中請屬天下於夫子許由遂之潁水之陽武盡美矣終全孤竹之絜論語曰子謂武盡美矣未盡善也史記伯夷叔齊孤竹君之子也武王已平殷亂天下宗周而伯夷叔齊恥之義不

食周粟隱於首陽山自茲以降風流彌繁琴賦曰體制風流莫不相襲長往之軌未殊而感致之數匪一西征賦曰悟山潛之逸士卓長往而不返或隱居以求其志或迴避以全其道論語孔子曰隱居以求其志行義以達其道又曰賢者避世其次避地或靜己以鎮其躁或去危以圖其安言或靜默隱居以鎮心之躁競或去彼危難以謀己之安全也或垢俗以動其槩或疵物以激其清言或垢穢時俗以動其槩或疵黜萬物以發其清槩猶操也然觀其甘心畎畝之中憔悴江海之上莊子曰舜以天下讓其友北人無擇北人無擇曰異哉后之爲人也居於畎畝之中而遊堯舜之門不若是而已又曰就藪澤處閑曠此江海之士避世之人也閑暇者之所好也豈必親魚鳥樂林草哉亦云介性所至而已世說簡文入華林園顧謂左右曰覺鳥獸禽魚自來親人爾故蒙恥之賓屢黜不去其國列女傳曰

柳下惠死妻誄之曰蒙恥救民德彌大兮雖遇三黜終不弊兮蹈海之節千乘莫移其情史記曰魯仲連謂新垣衍曰秦即爲帝則連蹈東海死耳又曰魯連下聊城田單歸而欲爵之魯連逃隱於海上適使矯易去就則不能相爲矣論語曰長沮桀溺耦而耕孔子過之使子路問津焉桀溺曰與從避人之士豈若從避世之士哉子路行以告夫子曰天下有道丘不與易也漢書賈誼上書曰胡越之人雖死不相爲者教習然也彼雖硜硜有類沽名者論語曰子擊磬於衛有荷蕢而過孔氏之門者曰有心哉擊磬乎既而曰鄙哉硜硜乎莫己知也已又子貢曰有美玉於斯韞櫝而藏諸求善價而沽諸孔子曰沽之哉沽之哉我待價者也然而蟬蛻稅囂埃之中自致寰區之外淮南子曰蟬飲而不食三十日而蛻異夫飾智巧以逐浮利者乎淮南子曰古之人同氣于天地與一世而優游及僞之生飾智以驚愚設詐以巧上荀卿有言曰志意修則驕富貴道義重則輕王公也荀卿子曰志意

修則驕富貴矣道義重則輕王公矣内省則外物輕矣漢室中微王莽篡位士之蘊藉慈夜義憤甚矣東觀漢記曰桓榮温恭有蘊藉明經義文穎曰謂寬博有餘也是時裂冠毀冕相攜持而去之者蓋不可勝數范曄後漢書曰胡剛清高有志節值王莽居攝解其衣冠縣府門而去遂亡命交阯隱於屠肆之間左氏傳王使詹桓伯辭於晉侯曰伯父若裂冠毀冕拔本塞源毛詩序曰百姓莫不相攜持而去焉揚雄曰鴻飛冥冥弋人何篡焉言其違患之遠也法言曰鴻飛冥冥弋人何篡焉宋衷曰篡取也鴻高飛冥冥薄天雖有弋人執矰繳何所施巧而取焉喻賢者深居亦不罹暴亂之害今篡或爲慕誤也光武側席幽人求之若不及國語越王夫人去笄側席而坐韋昭曰側猶特也禮憂者側席而坐班固漢書公孫引贊曰上方欲用文武求之如不及旌帛蒲車之所徵賁彼義相望於巖中矣言招士或旌以帛也漢書曰武帝以枚乘年老乃以安車蒲輪徵乘周易曰賁于丘園束

帛箋箋若薛方逢步江萌聘而不肯至漢書曰薛方字子容王莽以安車迎方方因使者辭謝曰堯舜在上下有巢許今明主方隆唐虞之德亦猶小臣欲守箕山之節也使者以聞莽說其言不強致也世祖即位徵方於道病卒范曄後漢書曰逢萌字子康北海人也王莽殺其子宇萌將家屬入海客於遼東光武即位徵萌託以老耄迷路東西語使者曰朝廷所以徵我者以其有益於政尚不知方面所在安能濟時乎即便駕歸連徵不起以壽終嚴光周黨王霸至而不能屈范曄後漢書曰嚴光一名遵會稽人與光武同遊學及光武即位聘之三反而後至舍於北軍車駕即日幸其館光卧不起帝即其卧所撫光腹曰咄咄子陵不可相助為政邪又眠不應良久乃張目熟視曰昔唐堯著德巢父洗耳士故有志何至相迫乎又曰周黨字伯況太原人建武中徵為議郎以病去職遂將妻子居于澠池後復徵不得已乃著短布單衣榖皮綃頭巾待見尚書及光武引見黨伏而不謁自陳願守所志帝乃許焉又曰王霸字仲儒太原人建武中徵到尚書拜稱名不稱臣有司問其故霸曰天子有所不臣諸侯有所不友以病歸隱居守

志羣方咸遂志士懷仁郭象莊子注曰一方得而羣方失論語子曰志士仁人無求生以害仁禮記曰君子有禮故物無不懷仁斯固所謂舉逸人則天下歸心者乎論語子曰舉逸人天下之人歸心焉肅宗亦禮鄭均而徵高鳳以成其節范曄後漢書曰肅宗孝章皇帝諱炟顯宗第五子又曰鄭均字仲虞東平任城人建初六年公車特徵再遷尚書數納忠言肅宗敬重之以疾乞骸骨又曰高鳳字文通南陽人建初中將作大匠任隗舉鳳直言到公車託病逃歸隱身漁釣終於家自後帝德稍衰邪孽當朝處子耿介與卿相等列東廣微補亡詩曰堂堂處子楚辭曰獨耿介而不隨俗至乃抗憤而不顧多失其中行焉論語子曰不得中行而與之必也狂狷乎蓋錄其絕塵不及同夫作者列之此篇莊子顏回問於仲尼曰夫子步亦步夫子趨亦趨夫子馳亦馳奔逸絕塵而瞠乎若後耳司馬彪曰言不可及也論語子曰作者七人包咸曰七人謂長沮桀溺丈人石門荷

賁儀封人楚狂接輿

宋書謝靈運傳論一首　沈休文

沈休文修宋書百卷見靈運是文士遂于傳下作此書説文之利害辭之是非

史臣曰民稟天地之靈含五常之德剛柔迭用喜愠分情漢書曰夫人肖天地之貌懷五常之性聰明精粹有生之最靈者也應劭曰肖類也頭圓象天足方象地又曰凡民函五常之性而剛柔不同史記曰況懷五常含好惡鄭玄禮記注曰五常五行也孔安國尚書傳曰五行之德王者相承以取法禮記曰何謂七情喜怒哀懼愛惡欲夫志動於中則歌詠外發毛詩序曰情動於中而形於言嗟嘆之不足故永歌之又曰情發於聲聲成文謂之音六義所因四始攸繫升降謳謠紛披風什毛詩序曰詩有六義焉一曰風二曰賦三曰比四曰興五曰雅六曰頌又曰是謂四始詩之至也毛詩題曰鹿鳴之什説者云詩每十篇同卷故曰什也雖虞夏以前遺文不覩虞書有帝

庸作歌夏書有五子之歌已前不見歌文稟氣懷靈理或無異古猛虎行曰稟氣有豐約受形有短長然則歌詠所興宜自生民始也周室既衰風流彌著幽厲之時多有諷刺在下祖習如風之散猶水之流故曰彌著屈平宋玉導清源於前賈誼相如振芳塵於後孫卿子曰君子養源源清則流清陸機大暑賦曰播芳塵之馥馥英辭潤金石高義薄雲天仲長子昌言曰英辭雨下吳越春秋樂師謂越王曰君王德可刻之於金石淮南子曰夫道潤乎草木浸乎金石法言曰或問屈原相如之賦孰愈曰原也過以浮如也過以虛過浮者蹈雲天過虛者華無根然原上援稽古下引鳥獸其著意子雲長卿亮不可及自茲以降情志愈廣王褒劉向楊班崔蔡之徒范曄後漢書曰崔駰年十三能通百家言善屬文與班固傅毅同時齊名又曰蔡邕少博學好辭章揚揚子雲班班孟堅異軌同奔遞相師祖禮記曰仲尼祖述堯舜雖清辭麗曲時發乎篇

而蕪音累氣固亦多矣賈逵國語注曰蕪穢也累猶負也若夫平子艷發文以情變絶唱高蹤久無嗣響平子張衡字也至于建安曹氏基命三祖陳王咸蓄盛藻續晉陽秋曰及至建安而詩章大盛尚書曰王如不敢及天基命定命建安獻帝年號魏志曰明帝青龍四年有司奏武皇帝爲魏太祖文皇帝爲魏高祖明皇帝爲魏列祖也甫乃以情緯文以文被質鄭玄周禮注曰甫始也言始將情意以緯於文自漢至魏四百餘年辭人才子文體三變相如工爲形似之言二班長於情理之説二班叔皮孟堅也子建仲宣以氣質爲體並標能擅美獨映當時是以一世之士各相慕習源其飈流所始莫不同祖風騷續晉陽秋曰自司馬相如王襃揚雄諸賢代尚詩賦皆體則風騷詩揔百家之言飈流即風流也見上文廣雅曰祖法也徒以賞好異

情故意製相詭說文曰詭變也降及元康潘陸特秀元康晉惠帝年號也續晉陽秋曰逮乎西朝之末潘陸之徒有文質而宗師不異律異班賈體變曹王縟旨星稠繁文綺合論衡曰德彌盛者文彌縟又曰或能陳得失奏便宜應經傳文如星月若谷子雲唐子高者並爲高第漢書宣帝曰辭賦譬如女工有綺縠也綴平臺之逸響采南皮之高韻漢書曰梁孝王廣治睢陽城爲複道自宮連屬於平臺三十餘里招延四方豪傑逸響謂司馬相如之文南皮魏文帝所遊也高韻謂應徐之文也遺風餘烈事極江右史記曰宣王法文武遺風春秋元命苞曰文王積善所潤之餘烈江右西晉也在晉中興玄風獨扇爲學窮於柱下博物止乎七篇續晉陽秋曰正始中王弼何晏好莊子玄勝之談而俗遂貴焉老子爲柱下史莊子內篇其數有七馳騁文辭義殫乎此自建武暨于義熙歷載將百建武晉愍帝年號義熙晉安帝年號雖比響聯辭波屬

雲委荅賓戲曰馳辯如濤波仲長統昌言曰妙句雲布孝經鉤命決曰雲委霧散殊錯沈浮莫不寄言上德託意玄珠孫綽子曰莊子多寄言渾沌得宗罔象得珠老子德經曰上德不德是以有德莊子曰黃帝遊乎赤水之北登乎崑崙之上而南還歸遺其玄珠郭象曰此明得真之所由遒麗之辭無聞焉爾孫綽集序曰綽文藻遒麗公羊傳曰紀子伯者何無聞焉爾仲文始革孫許之風叔源大變太元之氣仲文殷仲文也續晉陽秋曰許詢有才藻善屬文詢及太原孫綽轉相祖尚又加以三世之辭而風騷之體盡矣詢綽並爲一時文宗自此作者悉化之至義熙中謝混始改之叔源混字也太元晉武帝年號爰逮宋氏顏謝騰聲靈運之興會摽舉延年之體裁明密興會情興所會也鄭玄周禮注曰興者託事於物也體裁制也謝承後漢書曰魏朗爲河內太守明密法令也並方軌前秀垂範後昆尚書曰垂裕後昆若夫敷衽論心商搉前藻楚辭曰跪敷衽以陳辭陸機樂

府篇曰商搉爲此歌工拙之數如有可言夫五色相宣八音協暢文賦曰暨音聲之迭代若五色之相宣由乎玄黃律呂各適物宜周易曰象其物宜是故謂之象欲使宮羽相變低昂舛節若前有浮聲則後須切響一簡之內音韻盡殊兩句之中輕重悉異妙達此旨始可言文至於先士茂製諷高歷賞言諷詠之者咸以爲高歷載辭人所共傳賞子建函京之作仲宣灞岸之篇曹子建贈丁儀王粲詩曰從軍度函谷驅馬過西京王仲宣七哀詩云南登霸陵岸回首望長安子荊零雨之章正長朔風之句孫子荊陟陽候詩曰晨風飄岐路零雨被秋草王正長雜詩曰朔風動秋草邊馬有歸心並直舉胸情非傍詩史正以音律調韻取高前式自靈均以來多歷年代靈均屈原字也尚書周公曰殷禮陟配天多歷年所雖文體稍

精而此秘未覩至於高言妙句音韻天成皆暗與理合匪由思至張蔡曹王曾無先覺（論語曰抑亦先覺者是賢乎）潘陸顏謝去之彌遠世之知音者有以得之此言非謬如曰不然請待來哲（西征賦曰如其禮樂以俟來哲）

恩倖傳論一首　沈休文

（約言當時遇幸會者即得好官又以晉宋之閒皆取門戶不任才能故作此論）

夫君子小人類物之通稱蹈道則爲君子違之則爲小人（莊子曰天下盡殉也彼其所殉仁義也則俗謂之君子其所殉貨財也則俗謂之小人）屠釣卑事也板築賤役也太公起爲周師傅說去爲殷相（尉繚子曰太公屠牛朝歌史記曰太公望呂尚以漁釣奸周西伯戰國策范雎謂秦王曰呂尚之遇文王立爲太師尚書

曰高宗夢得說乃審厥象俾以形旁求於天下說築傅巖之野惟肖爰立作相非論公侯之世
鼎食之資家語曰子路南遊於楚列鼎而食明敭幽仄唯才是與尚書曰明
明敭仄陋逮于二漢茲道未革胡廣累世農夫伯始致位公
相黃憲牛醫之子叔度名動京師范曄後漢書曰胡廣字伯始南陽人六世
祖剛值王莽居攝亡命交趾莽敗乃歸鄉里廣少孤貧法雄察廣孝廉試以章奏爲天下第一旬月拜尚書郎
凡一履司空再作司徒三登太尉又曰黃憲字叔度南陽人世貧賤父爲牛醫同郡陳蕃臨朝而歎曰叔度若
在吾不敢先佩印綬漢書曰鄭子真名震乎京師且士子居朝咸有職業雖七
葉珥貂見崇西漢左太沖詠史詩曰金張藉舊業七葉珥漢貂而侍中身奉
奏事又分掌御服應劭漢書注曰入侍天子故曰侍中晉令曰侍中除書表奏皆掌署之應
劭漢官儀曰侍中出則佩璽抱劒東方朔爲黃門侍郎執戟殿下漢書曰東方

朔初爲常侍郎後奏泰階之事拜爲太中大夫給事中嘗醉小遺殿上詔免爲庶人復爲中郎百官表郎中令屬官中有郎比六百石侍郎比四百石又黄門有給事黄門漢官儀云給事黄門侍郎位次侍中給事中故曰給事黄門然侍郎黄門侍郎二官全別沈以爲同悞也荅客難曰官不過侍郎位不過執戟非黄門侍郎明矣

郡縣掾吏並出豪家負戈宿衛皆由勢族掾吏卑位負戈賤役豪家世族咸亦爲之言無貴賤之異也子虛賦曰幸得宿衛十有餘年非若晚代分爲二塗者也二塗謂士庶也言仕子不居賤職庶族不涉清階漢末喪亂魏武始基國語曰后稷始基靖民尚書曰太王肇基王迹軍中倉卒權立九品蓋以論人才優劣非謂世族高卑列子曰子華之門徒皆世族也因此相沿遂爲成法自魏至晉莫之能改言魏晉二朝咸遵魏武之法州都郡正以才品人傅子曰魏司空陳群始立九品之制郡置中正平人才之高下各爲輩目州置州都而揔其義而

舉世人才升降蓋寡徒以凴籍世資用相陵駕人才不甚懸殊故因世資以成貴也都正俗士斟酌時宜品目少多隨事俯仰言法壞之漸也都正既皆俗士不能校其材藝乃隨時斟酌定其品差劉毅所云下品無高門上品無賤族者也臧榮緒晉書曰劉毅爲尚書左僕射上疏陳九品之弊曰上品無寒門下品無勢族言勢族之人不居下品寒門之子不居上班歲月遷訛斯風漸篤凡厥衣冠莫非二品言衣冠之族皆居二品之中自此以還遂成卑庶衣冠以外皆同下科周漢之道以智役愚臺隸參差用成等級左氏傳曰人有十等輿臣隸隸臣僚僚臣僕僕臣臺魏晉以來以貴役賤士庶之科較然有辨太玄經曰君子學古之道較然見矣夫人君南面九重奧烏到絕楚詞曰豈不鬱陶而思君兮君之門以九重陪奉朝夕義隔卿士堦闥之任

宜有司存論語曾子曰籩豆之事則有司存既而恩以狎生信由恩固爾雅曰狎習也無可憚之姿有易親之色孝建泰始主威獨運沈約宋書曰孝建武帝年號泰始明帝年號空置百司權不外假而刑政糺雜理難遍通耳目所寄事歸近習禮記月令曰仲冬省婦事無得淫雖有貴戚近習無有不禁鄭玄曰貴戚姑姊妹也近習天子所親幸也賞罰之要是謂國權出納王命由其掌握於是方塗結軌輻湊同奔莊子曰車軌結乎千里之外文子曰羣臣輻湊張湛曰如衆輻之集於轂人主謂其身卑位薄以爲權不得重曾不知鼠憑社貴狐藉虎威晏子春秋景公問晏子曰理國亦有常乎對曰讒佞之人隱在君側猶社鼠不熏也去此乃治矣戰國策荆宣王問群臣曰吾聞北方之畏昭奚恤也何如群臣莫對江乙對曰虎求百獸而食之得狐狐曰子無敢食我天帝命我長百獸今子食我是逆天命

子以我爲不信吾爲子先行子隨我後觀百獸之畏我虎不知百獸之畏己而走也以爲畏狐也今王之地方五千里帶甲百萬而專屬之於昭奚恤故北方之畏昭奚恤其實畏王之甲兵也猶百獸之畏虎外無逼主之嫌内有專用之功勢傾天下未之或悟挾朋樹黨政以賄成左氏傳曰襄十年王朝卿士王叔陳生與伯輿争政大夫瑕禽曰今自王叔之相也政以賄成鈇鉞瘡痏措於牀第側里之曲西京賦曰所惡成瘡痏左氏傳趙孟曰牀第之言不踰閾杜預曰第簀也服冕乘軒出於言笑之下左氏傳衛太子謂渾良夫曰服冕乘軒三死無與南金北毳來悉方艚徂刀素縑丹魄至皆兼兩音亮北毳貚貂之屬艚舩也丹魄虎魄也色赤故曰丹孔安國尚書傳曰車稱兩西京許史蓋不足云晉朝王石未或能比漢書孝宣許皇后元帝母元帝封外祖父廣漢爲平恩侯又曰史良娣宣帝祖母也兄恭宣帝立恭已死封恭長子高爲樂陵侯王隱晉書曰王愷字君夫世祖舅自以外戚晉氏

政寛。又性至豪險。又曰：石崇貪而好利，富擬王者。及太宗晚運，慮經盛衰，沈約宋書曰：明帝廟號太宗。法言曰：聖人之法，未嘗不關盛衰焉。權倖之徒，慴憚丁達宗戚，欲使幼主孤立，永竊國權，六代論曰：君孤立於上，臣弄權於下。搆造同異，興樹禍隙。帝弟宗王，相繼屠勦。尚書曰：天用勦絕其命。孔安國曰：勦，截也。截絕，謂滅之也。民忘宋德，雖非一塗，寶祚夙傾，實由於此。寶祚，猶寶命也。嗚呼！漢書有恩澤侯表，又有佞倖傳，今采其名，列以為恩倖篇云。

史述贊三首　班孟堅

述高紀第一

皇矣漢祖，纂堯之緒。漢書曰：劉向頌高祖云：漢帝本系，出自唐帝，降及于周，在秦作

劉爾雅曰纂繼也寔天生德聰明神武項岱曰聽於無聞曰聰照臨四方曰明以內知
外曰神尅定禍亂闢土斥疆曰武論語子曰天生德於予周易曰古之聰明叡智神武而不殺者夫秦
人不綱網漏于楚項岱曰秦重歛殘人天下叛之故貶言人耳綱以喻網網無綱無所成故
漏也言秦人不能整其網維令網目漏也於楚謂陳涉反而不能誅故高祖因而起爰茲發迹斷
蛇奮旅神母告符朱旗乃舉漢書曰高祖夜經澤中有大蛇當徑拔劍斬蛇
蛇分爲兩後人來至蛇所有一嫗夜哭曰吾子白帝子化爲蛇今者赤帝子斬之又曰高祖立爲沛公旗幟皆
赤粤于厥蹈秦郊嬰來稽首元年冬十月沛公至霸上秦王子嬰素車白馬降于軹道
革命創制三章是紀周易曰湯武革命順乎天而應乎人漢書曰高祖謂秦父老曰與父
老約法三章耳殺人者死傷人及盜抵罪應劭曰抵至也除秦酷政但至於罪應天順民五
星同晷晷光景也應劭曰東井秦之分野五星所在其下以義取天下之象也項氏畔換

黜我巴漢漢書曰項羽背約更立沛公爲漢王王巴蜀漢中韋昭曰畔換跋扈也西土宅心戰士憤怨尚書曰逷矣西土之人又曰惟克厥宅心郭璞三蒼解詁曰西土謂長安也乗疊而運席卷三秦左氏傳士會謂晉侯曰會聞用師觀疊而動春秋握誠圖曰諸侯氷散席卷各爭恣志漢書曰韓信陳三秦秦易并之計應劭曰章邯爲雍王司馬欣爲塞王董翳爲翟王分王秦地故曰三秦割據河山保此懷民保安也懷歸也言漢據河山之固民懷歸者能保乂之漢書田肯賀上曰秦帶河阻山懸隔千里尚書曰黎民懷之股肱蕭曹社稷是經蕭何曹參也禮記衛獻公曰有柳莊者非寡人之臣社稷之臣爪牙信布腹心良平韓信英布張良陳平也毛詩曰予王之爪牙又曰赳赳武夫公侯腹心恭行天罰赫赫明明恭行已見上文毛詩曰赫赫明明王命卿士

述成紀第十

孝成皇皇臨朝有光項岱曰皇皇華色盛也威儀之盛如珪如璋項岱曰珪璋王之妙好雕鏤者毛詩曰顒顒卬卬如珪如璋閫闈恣趙朝政在王閫闈閫門之内也門内恣趙昭儀姊妹以元舅侍中封陽平侯王鳳爲大將軍領尚書事炎炎燎火光允不陽項岱曰允信也内損於飛鸞外見壅於王鳳等信不得陽也張晏曰天子之威盛若燎火之陽今委政王氏不亦熾乎

述韓英彭盧吳傳第四

信惟餓隸布實黥徒漢書曰韓信家貧從下鄉南昌亭長寄食亭長苦之乃晨炊蓐食食時往不爲具食信知之自絶去又曰黥布姓英少時客相之當刑而王及坐法黥欣然笑曰人相我當刑而王幾是乎越亦狗盜芮尹江湖漢書曰彭越嘗漁鉅野澤中爲盜沛公攻昌邑越助之説苑曰管仲故城陰之狗盜漢書曰吳芮秦時鄱陽令也甚得江湖閒心号曰鄱君音義曰尹正也雲

起龍驤化爲侯王割有齊楚跨制淮梁韓信初爲齊王後楚王黥布爲淮南王彭越爲梁王綰自同閈胡旦鎮我北疆應劭曰閈音扞南楚汝沛名里門曰閈綰爲燕王故曰北疆德薄位尊非祚惟殃周易曰德薄而位尊智小而謀大左氏傳舟之僑曰無德而祿殃也吳克忠信肸嗣乃長漢書曰芮爲長沙王薨子忠嗣自芮後傳位五世無子國除

後漢書光武紀贊一首　范蔚宗

贊曰炎政中微大盜移國東觀漢記序曰漢以炎精布曜中微謂平世衰也魯靈光殿賦序曰遭漢中微盜賊奔突九縣飆回三精霧塞三精日月星也孝經援神契曰天地至貴精不兩明宋均曰天精爲日地精爲月河圖曰𡿨德布精上爲衆星民厭淫詐神思反德世祖誕命靈貺自甄尚書曰我文考誕膺天命春秋元命苞曰通三靈之貺交錯同端鄭玄尚書緯

注曰甄表也沈機先物深略緯文説文曰機主發之機也周書曰經緯天地曰文矣

尋邑百萬貔虎爲群長轂雷野高旗彗蘇没雲漢書曰劉聖公爲天子以光武爲偏將軍徇昆陽光武令王常留守光武出收兵王莽遣大司徒王尋大司空王邑將兵百萬旌旗輜車千里不絕又驅諸猛獸虎豹犀象之屬以助威武圍城數重光武遂進尋邑亦遣兵合戰光武奔之斬首数千級光武乃與敢死士三千人衝中堅尋邑陣亂遂殺王尋鬻子曰紂虎旅百萬穀梁傳曰長轂五百乘范甯曰長轂兵車也東都主人曰戈鋋彗雲

英威既振新都自焚漢書曰莽封爲新都侯又曰更始兵到城中少年子弟自燒室門呼曰反虜王莽何不出降莽避火宣室火輒隨之

虔劉庸代紛紜梁趙范曄後漢書曰梁王劉永擅命睢陽又曰公孫述稱王王巴蜀又曰卜者王郎爲天子都邯鄲又曰彭寵自立爲燕王代即燕也

三河未澄四關重擾三河洛陽也四關長安也范曄後漢書曰赤眉賊入函谷關敗更始光武乃遣鄧禹引兵西乘更始赤眉之亂時更始大司馬朱鮪等也

洛陽光武令馮異守孟津以拒之神旌乃顧遞行天討金湯失險車書共道鹽鐵論曰秦金城千里汜勝之書曰神農之教雖石城湯池無粟者不能守也禮記子曰今天下車同軌書同文靈慶既啓人謀咸贊靈慶謂天符也易繫辭曰人謀鬼謀百姓與能王弼曰人謀謂衆議西都賓曰天啓之心人惎之謀明明廟謨赳赳雄斷廟謨廟筭也揚雄連珠曰兼聰獨斷聖王之法也於烏赫有命系我皇漢毛詩曰有命自天蔡邕獨斷曰光武以再命復漢之祚

文選卷第五十

賜進士出身通奉大夫江南蘇松常鎮太等處承宣布政使司布政使胡克家重校刊

文選卷第五十一

梁昭明太子撰

文林郎守太子右內率府録事叅軍事崇賢館直學士臣李善注上

論一

賈誼過秦論一首

東方朔非有先生論一首

王褒四子講德論一首

過秦論一首

漢書應劭曰賈誼書第一篇名也言秦之過

賈誼

秦孝公據殽函之固擁雍州之地韋昭曰崤謂二殽函谷關也史記張良曰關中左殽函右隴蜀君臣固守以窺周室有席卷天下包舉宇

内春秋握誠圖曰諸侯氷散席卷各争恣妄囊括四海之意并吞八荒之心張晏曰括結囊也言能苞含天下也周易曰括囊無咎無譽當是時也商君佐之内立法度務耕織修守戰之具外連衡而鬬諸侯戰國策蘇秦説秦王曰始將連横高誘曰合關東從通之於秦故曰連横文頴曰關西爲横衡音横於是秦人拱手而取西河之外李斯上書曰孝公用商鞅之法獲楚魏之師舉地千里孝公既没惠文武昭史記曰孝公卒子惠文王立卒子武王立卒立異母弟是曰昭襄王也蒙故業因遺策南取漢中西舉巴蜀東割膏腴之地收要害之郡李斯上書曰惠王用張儀之計西并巴蜀南取漢中東據成皐之險割膏腴之壤諸侯恐懼會盟而謀弱秦不愛珍器重寶肥饒之地以致天下之士合從締交相與爲一文頴曰關東爲從張晏曰締連結也

徒帝切當此之時齊有孟嘗趙有平原楚有春申魏有信陵史記曰平原君趙勝者趙之諸公子也又曰孟嘗君者名文姓田氏又曰春申君者楚人也名歇姓黃氏又曰魏公子無忌者魏安釐王弟也爲信陵君此四君者皆明智而忠信寬厚而愛人尊賢而重士約從離橫言諸侯結約爲從欲以分離秦橫也兼韓魏燕趙宋衛中山之衆於是六國之士有甯越徐尚蘇秦杜赫之屬爲之謀呂氏春秋曰齊攻廩丘趙使孔青將而救之與齊人戰大敗齊人得尸三萬以爲二京甯越謂孔青曰惜矣不如歸尸以内攻之彼得尸而府庫盡於塟此之謂内攻之甯越趙人也徐尚未詳蘇秦已見上文呂氏春秋曰杜赫以安天下説周昭文君昭文君謂杜赫曰願學所以安周高誘曰杜赫周人也齊明周最陳軫召滑樓緩翟亭的景蘇厲樂毅之徒通其意戰國策東周齊明謂東周君曰臣恐西周之與楚韓寶令之爲已求地於東周也高

誘曰齊明東周臣也戰國策曰齊令周最使鄭立韓擾而廢公叔周最患之高誘曰周最周君之子也仕於齊故齊使之也字林曰最才勾切戰國策秦王謂陳軫曰吾聞子欲去秦而之楚信乎軫曰然高誘曰陳軫夏人仕秦亦仕楚也韓子于象謂楚王曰前時王使召滑之越五年而能成之史記范蠉對楚王曰王前嘗用召滑而郡江東召音劭滑音依字戰國策曰秦王伐楚魏王不欲樓緩謂魏王曰不與秦攻楚楚且與秦攻王王不如令秦楚戰王交制之高誘曰樓緩魏相也翟景未詳史記曰蘇秦之弟厲因燕子而求見齊王齊王怨蘇秦欲囚蘇厲燕子爲謝遂委質爲齊臣又曰樂毅賢而好兵爲魏昭王使於燕燕昭王以客禮待之樂毅遂委質爲臣燕昭王以爲亞卿也**吳起孫臏帶佗兒良王廖田忌廉頗趙奢之倫制其兵**史記曰吳起衛人也聞魏文侯賢事魏文侯以爲將又曰孫臏生阿甄之間臏亦孫武之後也田忌進孫子於齊威王帶佗未詳佗徒何切呂氏春秋曰王廖貴先兒良貴後此二人者皆天下之豪士也兒五兮切廖力彫切戰國策曰韓魏之君朝田侯鄒忌爲齊相田忌爲將使田忌伐魏三戰三勝高誘

曰田侯宣王也史記曰廉頗趙之良將也趙惠文王廉頗爲趙將伐齊大破之又曰趙奢者趙之田部吏也秦伐韓趙王令趙奢將而救之嘗以十倍之地百萬之衆叩關而攻秦孔安國論語注曰叩擊也叩或爲仰言秦地高故曰仰攻之秦人開關而延敵九國之師遁逃而不敢進九國謂齊楚韓魏燕趙宋衛中山也史記曰逡巡遁逃秦無亡矢遺鏃之費而天下諸侯已困矣李巡爾雅注曰鏃以金爲箭鏃也於是從散約解爭割地而賂秦秦有餘力而制其弊追亡逐北伏尸百萬流血漂櫓音魯韋昭曰大楯曰櫓左氏傳曰狄虒彌建大車之輪以爲櫓因利乘便宰割天下分裂河山彊國請伏弱國入朝施及孝文王莊襄王享國之日淺國家無事史記曰昭襄王卒子孝文王立卒子莊襄王立公羊傳曰桓公之享國也長何休曰享食也及至始皇奮六世

之餘烈（張晏曰孝公惠文王武王昭王孝文王莊襄王）振長策而御宇内吞二周而亡諸侯（以馬喻也說文曰振舉也史記曰始皇滅二周置三川郡）履至尊而制六合執敲扑（浦木）以鞭笞天下（臣瓚以爲短曰敲長曰扑說文曰敲擊也祜交切）威振四海南取百越之地以爲桂林象郡（漢書音義曰百越非一種若今言百蠻也史記曰始皇略取陸梁地爲桂林象郡韋昭曰桂林今鬱林象郡今日南也）百越之君俛首係（計）頸委命下吏乃使蒙恬北築長城而守藩籬却匈奴七百餘里胡人不敢南下而牧馬士不敢彎弓而報怨於是廢先王之道燔百家之言以愚黔首（史記李斯曰請廢博士官所職天下敢有藏詩書百家語者詣守尉雜燒之又曰秦更名民曰黔首）隳名城殺豪俊（應劭曰壞城恐復阻以爲己害）收天下之兵聚之咸陽銷鋒鍉鑄以爲

金人十二以弱天下之民如淳曰鍉箭足也鄧展曰鍉是扞頭鐵也史記曰始皇收天下兵聚之咸陽以銷鋒鍉爲鍾鐻金人十二重各千石置宮庭中鍉音的鍉或爲提鐻音巨然後踐華爲城因河爲池服虔曰斷華山爲城美大之也晉灼曰踐登也據億丈之城臨不測之谿以爲固良將勁弩守要害之處信臣精卒陳利兵而誰何誰何問之也漢書有誰何卒如淳曰何謂何官也廣雅曰何問也天下已定始皇之心自以爲關中之固金城千里金城言堅也史記張良曰關中所謂金城千里天府之國也子孫帝王萬世之業史記秦始皇曰朕爲始皇帝後世以計數二世三世至于萬世傳之無窮始皇既沒餘威震于殊俗然而陳涉甕牖繩樞之子陳涉已見鄒陽上書禮記曰儒有蓬户甕牖韋昭曰繩樞以繩扃户爲樞也甿隷之人如淳曰甿古氓字氓人也而遷徙之徒也材能不及

中庸方言曰庸賤稱也言不及中等庸人也非有仲尼墨翟之賢陶朱猗頓之富史記曰范蠡之陶爲朱公以爲陶天下之中皆諸侯四通貨物所交易也乃治產積十九年之間三致千金孔叢子曰猗頓魯之窮士也耕則常飢桑則常寒聞朱公富往而問術焉公告之曰子欲速富當畜五牸乃適河東大畜牛羊于猗氏之南其滋息不可計以興富猗氏故曰猗頓也躡足行伍之間俛起阡陌之中如淳曰躡音疊音義曰俛音免如淳曰時皆卑屈在阡陌之中率罷散之卒將數百之衆轉而攻秦斬木爲兵揭竿爲旗埤蒼曰揭高舉也巨列切莊子曰揭竿求諸海也天下雲集而響應贏糧而景從莊子曰今使民曰某所有賢者贏糧而趣之方言曰贏擔也音盈山東豪俊遂並起而亡秦族矣且夫天下非小弱也雍州之地殽函之固自若也陳涉之位非尊於齊楚燕趙韓魏宋衛中山之君

也鋤櫌棘矜巨巾非銛息鹽於鉤戟長鎩所介也孟康曰櫌鋤柄也張晏曰矜音權爾雅曰棘戟也言鋤柄及戟橿也櫌音憂橿巨巾切如淳曰鉤戟似矛刃下有鐵橫上鉤曲也說文曰鎩鈹有鐔也謫戍之衆非抗於九國之師也通俗文曰罰罪曰謫丈厄切深謀遠慮行軍用兵之道非及曩時之士也史記曰賢人深謀於廊廟論語曰人無遠慮必有近憂然而成敗異變功業相反試使山東之國與陳涉度長絜大比權量力則不可同年而語矣莊子曰大樹其絜百圍司馬彪曰絜帀也丁結切然秦以區區之地致萬乘之權招八州而朝同列百有餘年矣鄧展曰招猶舉也蘇林曰招音翹然後以六合爲家殽函爲宮一夫作難而七廟隳身死人手爲天下笑者何也春秋考異郵曰君殺妻誅爲天下笑仁義不施而攻

守之勢異也

非有先生論　東方曼倩

班固漢書東方朔字曼倩平原厭次人武帝即位言得失又設非有先生論

非有先生仕於吳進不能稱往古以廣主意退不能揚君美以顯其功默然無言者三年矣吳王怪而問之曰寡人獲先人之功寄于衆賢之上夙興夜寐未嘗敢怠也今先生率然高舉遠集吳地率然輕舉之皃將以輔治寡人誠竊嘉之體不安席食不甘味目不視靡曼之色耳不聽鐘鼓之音虛心定志欲聞流議者三年於茲矣呂氏春秋曰越王欲致必死於吳身不安枕席口不甘厚味目不視靡曼耳不聽鐘鼓三年苦身勞力高誘曰靡曼好色也流議猶餘論也今先生進無以輔治退不揚主譽竊爲先生

不取也蓋懷能而不見是不忠也見而不行主不明也意者寡人殆不明乎非有先生伏而唯唯吳王曰可以談矣寡人將竦意而聽焉先生曰於戲可乎哉可乎哉（於戲歎辭也於音烏戲音呼可乎哉言不可也）談何容易（言談說之道何容輕易乎）夫談者有悖（蒲忽）於目而佛於耳謬於心而便於身者（韓子曰聖人之救危國以忠佛耳字書曰佛違也佛扶勿切）或有說於目順於耳快於心而毀於行者非有明王聖主孰能聽之矣吳王曰何爲其然也中人以上可以語上也（論語孔子曰中人以上可以語上也中人以下不可以語上也）先生試言寡人將覽焉先生對曰昔關龍逢深諫於桀而王子比干直言於紂（尸子曰義必利雖桀殺關龍逢紂殺王子比干猶謂之必利也）

此二臣者皆極慮盡忠閔主澤不下流而萬民騷動故直言其失切諫其邪者將以爲君之榮除主之禍也今則不然反以爲誹方未謗君之行無人臣之禮如淳曰漢書注曰誹非上所行也果紛然傷於身蒙不辜之名戮及先人爲天下笑鄭玄禮記注曰戮猶辱也故曰談何容易是以輔弼之臣瓦解而邪諂之人並進春秋考異郵曰瓦解土崩遂及飛廉惡來革等史記曰中潏生蜚廉蜚廉生惡來惡來父子俱以材力事紂說苑子石曰費仲惡來革長鼻決目崇侯虎順紂之心欲以合於意武王伐紂四子身死牧之野三人皆詐僞巧言利口以進其身論語子曰巧言令色鮮矣仁又曰惡利口之覆邦家陰奉彫瑑刻鏤之好以納其心務快耳目之欲以苟容爲度遂往不戒身沒被戮宗

廟崩弛國家爲墟殺戮賢臣親近讒夫詩不云乎讒人罔極交亂四國此之謂也毛詩小雅文也鄭玄曰極猶已也故卑身賤體說色微辭愉愉逾逾呴呴況于終無益於主上之治即志士仁人不忍爲也愉愉呴呴和說之皃也孝經鉤命決曰驩忻憤懼嘔嘔喻喻呴呴與嘔同音吁論語子曰志士仁人無求生以害仁也將儼然作矜莊之色深言直諫上以拂人主之邪下以損百姓之害拂與弼同則忤於邪主之心歷於衰世之法故養壽命之士莫肯進也遂居深山之間積土爲室編蓬爲户彈琴其中以詠先王之風亦可以樂而忘死矣尚書大傳曰子夏曰弟子所授書於夫子者不敢忘雖退而窮居河濟之間深山之中作壤室編蓬户尚彈琴瑟其中以歌先王之風則可以發憤矣是以伯夷叔齊

避周餓于首陽之下後世稱其仁（論語子曰伯夷叔齊餓於首陽之下人到于今稱之）如是邪主之行固足畏也故曰談何容易於是吳王懼然易容（懼敬皃也居具切）捐薦去几危坐而聽（捐薦去几自貶損也管子曰少者之事先生危坐向師顏色無作）先生曰接輿避世箕子被髮佯狂此二子者皆避濁世以全其身者也（論語曰楚狂接輿歌而過孔子尸子曰箕子胥餘漆體而爲厲被髮佯狂以此免也）使遇明王聖主得賜清讌之閒寬和之色發憤畢誠圖畫安危揆度得失上以安主體下以便萬民則五帝三王之道可幾而見也故伊尹蒙恥辱負鼎俎和五味以干湯太公釣於渭之陽以見文王（魯連子曰伊尹負鼎佩刀以干湯得意故尊宰舍六韜曰文王卜田史扁爲卜曰于渭之陽將大得

焉非熊非羆非虎非狼兆得公侯天遺女師文王齋戒三日田于渭陽卒見吕望坐茅以漁心合意同謀無不成計無不從誠得其君也深念遠慮引義以正其身推恩以廣其下孟子曰推恩足以保四海夲仁祖誼戰國策蘇代説齊王曰祖仁者王立義者霸褒有德禄賢能誅惡亂揔遠方壹統類美風俗此帝王所由昌也上不變天性下不奪人倫則天地和洽遠方懷之故號聖王臣子之職既加矣於是裂地定封爵爲公侯傳國子孫名顯後世民到于今稱之以遇湯與文王也太公伊尹以如此龍逢比干獨如彼豈不哀哉故曰談何容易於是吳王穆然俛而深惟仰而泣下交頤穆猶默静思貌也孫子兵法曰令發之日士寑者涕交頤曰嗟乎余

國之不亡也綿綿連連殆哉世之不絕也說文曰綿聯微也爾雅曰殆危也於是正明堂之朝齊君臣之位舉賢才布德惠施仁義賞有功躬親節儉減後宮之費損車馬之用放鄭聲遠佞人論語顔回問爲邦子曰放鄭聲遠佞人鄭聲淫佞人殆省庖廚去侈靡卑宮館壞苑囿填池塹以與貧民無產業者開內藏振貧窮存耆老恤孤獨薄賦斂省刑罰行此三年海內晏然天下大洽陰陽和調萬物咸得其宜孫卿子曰萬物得宜事變得應國無災害之變民無飢寒之色家給人足畜積有餘囹圄空虛文子曰法寬刑緩囹圄空虛鳳皇來集麒麟在郊禮記曰鳳皇麒麟皆在郊藪甘露既降朱草萌芽禮記曰天降膏露鄭玄曰膏猶甘也尚書大傳曰德光地序則

朱草生遠方異俗之人嚮風慕義各奉其職而來朝賀故治亂之道存亡之端若此易見呂氏春秋曰治亂存亡如可見如不可見而君人者莫肯爲也臣愚竊以爲過故詩曰王國克生惟周之貞濟濟多士文王以寧此之謂也毛詩小雅文也

四子講德論并序

王子淵

褒既爲益州刺史王襄作中和樂職宣布之詩又作傳漢書曰益州刺史王襄欲宣風化於衆庶聞王褒有俊才使褒作中和樂職宣布詩選好事者令依鹿鳴之聲習而歌之褒既爲刺史作頌又作傳如淳曰言王政中和在官者樂其職國語所謂宣布哲人之令德也名曰四子講德以明其意焉

微斯文學問於虚儀夫子曰蓋聞國有道貧且賤焉恥

也論語子曰邦有道貧且賤焉恥也今夫子閉門距躍專精趨學有日
矣距躍不行也應劭風俗通曰涉始於足足率長十寸十寸則尺一單三尺法天地人再躍則涉幸遭
聖主平世而久懷寶論語陽貨謂孔子曰懷其寶而迷其邦可謂仁乎是伯牙
去鍾期而舜禹遁帝堯也廣雅曰遁逃也於是欲顯名號建功
業不亦難乎夫子曰然有是言也夫蟁䖟終日經營不
能越階序說文曰蟁䖟齧人飛蟲也莊子曰蚉䖟噆膚蟁亡云切䖟莫衡切爾雅曰東西牆謂之序
附驥尾則涉千里攀鴻翮則翔四海文子曰蚉䖟與驥致千里而不飛僕
雖嚚頑願從足下雖然何由而自達哉文學曰陳懇誠
於本朝之上行話談於公卿之門春秋說題辭曰秉懿誠之義思至忠之功
高誘淮南子注曰本朝國朝也夫子曰無介紹之道安從行乎公卿禮記

曰介紹而傳命文學曰何爲其然也昔甯戚商歌以干齊桓呂氏春秋曰甯戚飯牛車下望桓公而悲擊牛角疾歌淮南子曰甯戚越商歌車下而桓公慨然而悟許慎曰商秋聲也越石負芻而寤晏嬰晏子春秋曰晏子之晉至於中牟睹弊冠皮裘負芻息於途側者晏子曰吾子何爲者對曰我越石父者也晏子曰何爲此曰吾爲人臣僕於中牟見使將歸晏子曰何爲爲僕對曰吾身不免凍餓之地吾是以爲僕也晏子曰可得而贖乎對曰可遂解左驂而贖之因載而與之俱歸至舍不辭而入越石父立而請絕晏子使人應之子何絕我之暴也越石父對曰臣聞之士者詘乎不知己而申乎知己吾三年爲人臣而莫吾知也今子贖我吾以子爲知我矣今不辭而入是與臣僕者同矣晏子出見之曰嚮也見客之容而今也見客之意非有積素累舊之歡皆塗覯卒遇而以爲親者也故毛嬙西施善毀者不能蔽其好慎子曰毛嬙先施天下之姣也衣之以皮倛則見之者皆走易之玄錫則行者皆止先施西施一也嫫莫吾姆母

倭傀善譽者不能掩其醜（孫卿子曰閭娵子奢莫之媒也嫫母力父是之喜也倭傀醜女未詳所見倭於爲切傀古回切）苟有至道何必介紹夫子曰咨夫特達而相知者千載之一遇也招賢而處友者衆士之常路也是以空柯無刃公輸不能以斲但懸曼矰蒲苴不能以射（聲類曰但徒也薛君韓詩章句曰曼長也鄭玄周禮注曰結繳於矢謂之矰矰高也列子曰蒲苴子弋弱弓纖繳乘風而振之連雙鶬於青雲）故膺騰撇波而濟水不如乘舟之逸也（說文曰撆擊也撆與撇同也疋設切）衝蒙涉田而能致遠未若遵塗之疾也才蔽於無人行衰於寡黨此古今之患唯文學慮之文學曰唯唯敬聞命矣於是相與結侶攜手俱遊求賢索友歷于西州有二人焉乘輅而歌倚輗（五雞）而

聽之軨車也白虎通曰名車爲軨者何言所以步之於路也包咸論語注曰輗者轅端橫木以縛軛也詠歎中雅轉運中律嘽闡緩舒繹曲折不失節禮記曰嘽諧慢易繁文簡節之音作而民康樂問歌者爲誰則所謂浮遊先生陳丘子者也於是以士相見之禮友焉儀禮曰士相見之禮贄冬用雉夏用腒左頭奉之禮文既集韓子曰禮有文禮者義之文文學夫子降席而稱曰俚力紀人不識寡見尠聞劉德漢書注曰俚鄙也曩從末路望聽玉音竊動心焉尚書大傳曰天下諸侯莫不玉音金聲敢問所歌何詩請聞其說浮遊先生陳丘子曰所謂中和樂職宣布之詩益州刺史之所作也刺史見太上聖明股肱竭力如淳漢書注曰太上天子也尚書大傳曰股肱臣也德澤洪茂黎庶和睦天人並應屢降瑞

福故作三篇之詩以歌詠之也文學曰君子動作有應從容得度南容三復白珪孔子睹其慎戒論語曰南容三復白珪孔子以其兄之子妻之太子擊誦晨風文侯諭其指意韓詩外傳曰魏文侯有子曰擊次曰訢訢少而立之以爲嗣封擊中山三年莫往來其傳趙倉唐諫曰何不遣使乎則臣請使擊曰諾於是遂求北犬晨鴈齎行倉唐至曰北藩中山之君再拜獻之文侯文侯曰嘻擊知吾好北犬嗜晨鴈也即見使者文侯曰中山之君亦何好乎對曰好詩文侯曰於詩何好曰好晨風文侯曰晨風謂何對曰詩云鴥彼晨風鬱彼北林未見君子憂心欽欽如何如何忘我實多此自以忘我者也於是文侯大悅曰欲知其君視其所使中山君不賢惡能得賢傳遂廢太子訢召中山君以爲嗣今吾子何樂此詩而詠之也先生曰夫樂者感人密深而風移俗易禮記曰樂者聖人所作也其感人深又曰樂者所以移風易俗也吾所以詠歌之者美其君術明而臣

道得也君者中心臣者外體外體作然後知心之好惡臣下動然後知君之節趨子思子曰民以君爲心君以民爲體心正則體修心肅則身敬也好惡不形則是非不分節趨不立則功名不宣故美玉蘊於碔武砆夫凡人視之怢焉馬融論語注曰蘊藏也戰國策曰白骨疑象武夫類玉張揖漢書注曰武夫石之次玉者廣蒼曰怢忽志也怢他没切良工砥之然後知其和寶也精練藏於鑛朴庸人視之忽焉精練金也金百練不耗故曰精練也說文曰鑛銅鐵璞也礦與鑛同瓜並切巧冶鑄之然後知其幹也況乎聖德巍巍蕩蕩民氓所不能命哉論語子曰大哉堯之爲君也蕩蕩乎民無能名焉巍巍乎其有成功廣雅曰命名也是以刺史推而詠之揚君德美深乎洋洋罔不覆載紛紜天地寂寥宇宙言所覆者廣也

紛紜衆多之貌也寂寥曠遠之貌也明君之惠顯忠臣之節究爾雅曰究窮也郭璞曰謂窮盡也皇唐之世何以加茲是以每歌之不知老之將至也論語子曰發憤忘食樂以忘憂不知老之將至也文學曰書云迪一人使四方若卜筮尚書曰故一人有事四方若卜筮無不是孚孔安國曰迪道也孚信也夫忠賢之臣道寸主志承君惠攄盛德而化洪天下安瀾比屋可封瀾水波安瀾以喻太平也尚書大傳曰周民可比屋而封何必歌詠詩賦可以揚君哉愚竊惑焉浮遊先生色勃眥溢曰是何言與論語子曰君召使擯色勃如也孝經子曰是何言與昔周公詠文王之德而作清廟建為頌首吉甫歎宣王穆如清風列于大雅毛詩周頌曰清廟祀文王也周公既成雒邑朝諸侯率以祀文王焉毛詩大雅序曰蒸民尹吉甫美宣王也詩曰吉甫作誦穆

如清風

夫世衰道微僞臣虛稱者殆也世平道明臣子不宣者鄙也鄙殆之累傷乎主道故自刺史之來也宣布詔書勞來不怠令百姓徧曉聖德莫不霑濡厖邈江眉耇之老厖雜也謂眉有白黑雜色咸愛惜朝夕願濟須臾且觀大化之淳流於是皇澤豐沛主恩滿溢百姓歡欣中和感發是以作歌而詠之也感發謂情感於中發言爲詩也傳曰詩人感而後思思而後積積而後滿滿而後作言之不足故嗟歎之嗟歎之不足故詠歌之詠歌之不厭不知手之舞之足之蹈之也樂動聲儀文也此臣子於君父之常義古今一也今子執分寸而罔億度億度之言無限也韓子曰有尺寸而無億度又曰前識無緣而妄億

度也馬融論語注曰罔誣也處把握而却寥廓乃欲圖大人之樞機
道方伯之失得不亦遠乎大人謂天子也周易曰利見大人又曰言行君子之樞機
陳丘子見先生言切恐二客慙懅膝步而前曰先生詳之
戰國策曰荊軻見太子太子再拜而跪膝行流涕行潦老暴集江海不以爲多
左氏傳曰君子曰潢汙行潦之水杜預曰行潦流潦也莊子海若曰天下之水莫大於海百川歸之而不盈
鰌鱓並逃九罭域不以爲虛爾雅曰鰼鰌郭璞曰今泥鰌也鰼似立切鰌且由切
郭璞山海經注曰鱓魚似蛇時闡切毛詩曰九罭之魚鱒魴爾雅曰九罭魚網也是以許由匿
堯而深隱唐氏不以衰呂氏春秋曰昔堯朝許由於沛澤之中請屬天下於夫子許由
遂之箕山之下夷齊恥周而遠餓文武不以卑夷齊已見上文夫青蠅
不能穢垂棘毛詩曰營營青蠅止於樊鄭玄曰蠅之爲蟲汙白使黑汙黑使白左氏傳曰晉荀息

請以垂棘之璧假道於虞以伐虢邪論不能惑孔墨今刺史質敏以流惠舒化以揚名采詩以顯至德歌詠以董其文爾雅曰董正也發命如絲明之如綍禮記曰王言如絲其出如綸王言如綸其出如綍音弗鄭玄曰言出彌大也甘棠之風可倚而俟也毛詩序曰甘棠美召伯也召伯之教明於南國二客雖窒計沮孳與議何傷言二客雖於計窒塞於議沮敗何傷於理乎言未傷也爾雅曰窒塞也顧謂文學夫子曰先生微矜於談道又不讓乎當仁論語子曰當仁不讓於師亦未巨過也願二子措意焉夫子曰否夫雷霆必發而潛底震動呂氏春秋曰開春始雷則蟄蟲動矣枹音孚鼓鏗苦耕鏘七羊而介士奮竦左氏傳曰郤克援枹而鼓鄭玄周禮注曰介被甲也故物不震不發士不激不勇今文學之言欲以議愚感敵舒先生之

憤䫉二生亦勿疑言議前敵之愚以感動之於是文繹復集乃始講德馬融論語注曰繹尋繹也文學夫子曰昔成康之世君之德與臣之力也韓子曰晉平公問叔向曰齊桓公九合諸侯臣之力邪君之力邪與音余先生曰非有聖智之君惡烏有甘棠之臣故虎嘯而風寥戾龍起而致雲氣周易曰雲從龍風從虎聖人作而萬物覩蟋蟀俟秋吟蜉浮蝣由出以陰易通卦驗曰立秋蜻蛚鳴蔡邕月令章句曰蟋蟀蟲也謂之蜻蛚也易曰飛龍在天利見大人鳴聲相應仇偶相從周易曰同聲相應同氣相求水流濕火就燥人由意合物以類同是以聖主不徧窺望而視以明不殫傾耳而聽以聰何則淑人君子人就者衆也毛詩曰淑人君子其儀不忒故千金之裘非一狐之腋亦大厦之材非一

丘之木太平之功非一人之略也慎子曰廊廟之材蓋非一木之枝狐白之裘非一狐之皮也治亂安危存亡榮辱之施非一人之力也蓋君爲元首臣爲股肱明其一體相待而成有君而無臣春秋刺焉公羊傳曰宋公與楚人期戰于泓之陽宋師大敗故君子大其不鼓不成列臨大事而不忘大禮有君而無臣以爲雖文王之戰亦不過此也何休曰惜其有王德而無王佐也三代以上皆有師傅五伯以下各自取友說苑郭隗曰帝者之臣其名臣也其實師也王者之臣其名臣也其實友也伯者之臣其名臣也其實僕也齊桓有管鮑隰甯九合諸侯一匡天下左氏傳曰鮑叔牙奉公子小白又曰齊桓衛姬之子有鮑叔牙隰朋以爲輔佐說苑鄒子曰甯戚叩轅行歌桓公任之以國政論語子曰桓公九合諸侯不以兵車管仲之力也又曰管仲相桓公一匡天下民到于今受其賜晉文公有咎犯趙衰楚危取威定霸以尊天子左氏傳曰晉公子重耳奔

狄從者狐偃趙衰顛頡魏武子司空季子杜預曰狐偃子犯也司空季子胥臣臼季也左氏傳曰先軫謂晉侯曰報施救患取威定霸於是乎在矣**秦穆有王由五羖攘却西戎始開帝緒**韓詩外傳曰昔戎將由余使秦秦繆公問得失之要對曰古之有國者未嘗不以恭儉也失國者未嘗不以驕奢也繆公然之於是告内史王廖曰隣國有聖人敵國之憂也由余聖人也將奈之何王廖曰君其遺之女樂以蟜其志然後可圖繆公曰善乃使王廖以其女樂二列遺戎王史記曰百里奚亡秦走宛秦繆公聞百里奚故重贖之恐楚不予請以五羖羊皮贖之楚人曰予之繆公與語國事大悅又曰秦用由余謀伐戎王并國十二遂霸西戎春秋保乾圖曰五帝異緒宋衷曰緒業也**楚莊有叔孫子反兼定江淮威震諸夏**韓詩外傳曰沈令尹進孫叔敖於莊王叔敖治楚三年而楚國霸左氏傳曰楚子圍鄭子反將右晉師救鄭及楚師戰于邲晉師敗績邲步必切**勾踐有種蠡渫庸剋滅彊吴雪會稽之恥**漢書曰江都王問董仲舒曰越王勾踐與大夫渫庸種蠡謀伐吴遂

滅之孔子稱殷有三仁寡人亦以爲越有三仁史記曰吳王夫差伐越敗之越王勾踐乃以甲兵五千人棲於會稽又曰勾踐自會稽歸拊循其士民伐吳大破之吳王自殺也魏文有段干田翟秦人寢兵折衝萬里呂氏春秋曰孟嘗君問白圭曰魏文侯名過桓公而功不及五伯何也白圭對曰文侯師子夏友田子方敬段干木此名之所以過桓公也而名號顯榮者三士羽翼之也史記魏文侯謂李克曰寡人之相非成則璜璜翟璜也成魏文侯弟名也呂氏春秋曰段干木者魏文敬之過其廬而軾秦欲攻魏而司馬康諫曰段干木賢者而魏禮之天下皆聞無乃不可加兵乎秦君以爲然乃止燕昭有郭隗樂毅夷破彊齊困閔於莒史記曰燕昭王以子之之亂而齊大破燕燕昭王怨齊於是詘身下士先禮郭隗以招賢者樂毅爲魏使於燕燕昭王以爲亞卿使樂毅伐齊破之追至于臨菑齊湣王走保於莒湣與閔同夫以諸侯之細功名猶尚若此而況帝王選於四海羽翼百姓哉高誘呂氏春秋注曰羽翼輔佐也故有賢聖

之君必有明智之臣欲以積德則天下不足平也欲以立威則百蠻不足攘也毛萇詩傳曰攘除也今聖主冠道德履純仁被六藝佩禮文屢下明詔舉賢良求術士招異倫拔俊茂是以海内歡慕莫不風馳雨集襲雜並至塡庭溢闕含淳詠德之聲盈耳登降揖讓之禮極目進者樂其條暢怠者欲罷不能條猶理也漢書音義曰暢通也偃息匍匐乎詩書之門遊觀乎道德之域咸絜身修思吐情素而披心腹各悉精銳以貢忠誠允願推主上引風俗而躋太平濟濟乎多士文王所以寧也濟濟多士已見上文若乃美政所施洪恩所潤不可究陳舉孝以篤行崇能以招賢去煩蠲苛以

綏百姓祿勤增奉以厲貞廉漢書宣紀曰律令有可蠲除以安百姓條奏又曰吏不廉平則治道衰今小吏皆勤事祿薄其益吏奉什五也減膳食卑宮觀宣紀曰令太官損膳省宰又曰郡國宮觀勿復修理省田官損諸苑宣紀曰池籞未御幸者假與貧人踈縣役振乏困宣紀曰流人還歸勿筭繇事又曰遣使者振貸乏困恤民災害不遑遊宴宣紀曰今天下頗被疾疫之災朕甚愍之閔耄老之逢辜憐縗絰之服事宣紀曰朕惟耆老之人髮齒墮落亦無暴虐之心諸年八十以上非誣告人殺傷人他皆勿坐又曰百姓遭縗經凶災而吏繇事傷孝子之心自今有大父母父母喪者勿繇事惻隱身死之腐人悽愴子弟之縲匿宣紀曰今繫者或以掠辜若飢寒瘐死獄中朕甚痛之又曰自今子首匿父母孫匿大父母皆勿坐恩及飛鳥惠加走獸胎卵得以成育草木遂其零茂尸子曰湯之德及鳥獸矣莊子曰至德之世禽獸成群草木遂長愷悌君子民

之父母豈不然哉（毛詩大雅文）先生獨不聞秦之時耶違三王背五帝滅詩書壞禮義信任群小憎惡仁智詐僞者進達佞諂者容入宰相刻峭大理峻法（廣雅曰峭急也謂嚴急也峻與峭同）處位而任政者皆短於仁義長於酷虐狼摯虎攫懷殘秉賊（孟子曰賊仁者謂之賊賊義者謂之殘）其所臨莅莫不肌栗慴伏吹毛求疵並施螫毒百姓征彸無所措其手足（韓子曰古之人君大體者不吹毛而求小疵不洒垢而察難知方言曰征彸惶遽也論語子曰刑罰不中則民無所措手足彸章容切）噭噭愁怨遂亡秦族是以養雞者不畜貍牧獸者不育豺樹木者憂其蠹保民者除其賊（文子曰乳犬噬虎伏雞搏貍又曰所爲立君者以禁暴亂也夫養禽獸者必除豺狼又況牧民乎又曰木林生蠹還自食人生事因自賊）故

大漢之爲政也崇簡易尚寛柔進淳仁舉賢才上下無怨民用和睦孝經曰民用和睦上下無怨今海内樂業朝廷淑清天符既章人瑞又明品物咸亨山川降靈周易曰雲行雨施品物咸亨神光燿暉洪洞朗天宣紀曰薦鬯之夕神光交錯或降于天或登于地鳳皇來儀翼翼邕邕群鳥並從舞德垂容宣紀曰鳳皇集魯群鳥從之尚書曰鳳皇來儀爾雅曰翼翼恭也邕邕和也又曰邕邕者聲和也山海經曰鳳首文曰德神雀仍集麒麟自至宣紀神雀仍集九真獻奇獸甘露滋液嘉禾櫛比宣紀曰甘露降未央宮又曰嘉穀玄稷降于郡國大化隆洽男女條暢家給年豐咸則三壤豈不盛哉尚書曰咸則三壤成賦中邦昔文王應九尾狐而東夷歸周春秋元命苞曰天命文王以九尾狐武王獲白魚而諸侯同辭尚書琁璣鈐曰

武王得兵鈐謀東觀白魚入舟俯取以燎八百諸侯順同不謀魚者視用無足翼從欲紂如魚乃誅周公
受秬鬯而鬼方臣周公受秬鬯未詳鄭玄詩箋曰鬼方遠方也宣王得白狼
而夷狄賓史記曰穆王征犬戎得四白狼以歸今云宣王未詳夫名自正而事自
定也論語曰名不正則言不順言不順則事不成今南郡獲白虎亦偃武興
文之應也獲之者張武武張而猛服也是以北狄賓洽
邊不恤寇甲士寢而旌旗仆也文學夫子曰天符既聞
命矣敢問人瑞先生曰夫匈奴者百蠻之最彊者也
毛詩曰因時百蠻天性憍蹇習俗傑暴左氏傳曰彼皆偃蹇杜預曰偃蹇憍慠也賤
老貴壯氣力相高史記曰匈奴貴壯健賤老弱也業在攻伐事在獵射
史記曰匈奴因射獵爲生業習戰攻以侵伐兒能騎羊走箭飛鏃史記曰匈奴兒能騎

羊引弓射鳥鼠也　逐水隨畜都無常處史記曰匈奴逐水草遷徙無城郭常處鳥集獸散往來馳騖周流曠野以濟嗜欲其耒耜則弓矢鞌馬播種則扞弦掌拊禮記曰左佩決扞鄭玄曰扞拾也言所以拾弦也何旦切鄭玄禮記注曰拊弓把也音夫收秋則奔狐馳兎穫胡郭刈則顛倒殪伊計仆史記曰匈奴射狐兎用爲食　追之則奔遁釋之則爲寇史記曰匈奴利則進不利則退不羞遁走是以三王不能懷五伯不能綏蘄邊抗士屢犯玁狁詩人所歌自古患之毛詩曰六月棲棲戎車既飭四牡騤騤載是常服玁狁孔熾我是用急　今聖德隆盛威靈外覆日逐舉國而歸德單于稱臣而朝賀宣紀曰日逐王先賢撣將人衆來降鄭氏曰撣音纏束之纏又曰單于稱臣使弟奉珍朝賀正月　乾坤之所開陰陽之所接編蒲典結計　沮顏燋齒

梟瞯閑翦髮黥首文身裸力果袒徒旦之國編結即編髮也漢書終軍曰解辮髮削左衽又曰匈奴有罪小者軋音義曰刀刻其面蓋沮頹也燋齒未詳又曰大宛深目多鬚頿蓋梟瞯也黥首蓋雕題也山海經曰雕題國在鬱林南靡不奔走貢獻懽忻來附婆娑嘔吟鼓掖而笑夫鴻均之世何物不樂孔安國尚書傳曰洪大也鴻與洪古字通毛萇詩傳曰均平也飛鳥翕翼泉魚奮躍毛詩曰鴛鴦在梁戢其左翼鄭玄曰明王之時人不驚駭也韓詩曰鳶飛戾天魚躍于泉薛君曰魚喜樂則踴躍於泉中是以刺史感懣莫本舒音而詠至德鄙人黯淺不能究識黯不明也烏感切敬遵所聞未克殫焉於是二客醉于仁義飽于盛德毛詩曰既醉以酒既飽以德終日仰歎怡懌而悅服

文選卷第五十一

賜進士出身通奉大夫江南蘇松常鎮太等處承宣布政使司布政使胡克家重校刊

文選卷第五十二

梁昭明太子撰

文林郎守太子右内率府録事參軍事崇賢館直學士臣李善注上

論二

班叔皮王命論一首　魏文帝典論一首

曹元首六代論一首　韋弘嗣博弈論一首

王命論一首　班叔皮

善曰王命帝王受命也漢書曰彪遭王莽敗光武即位於冀州時隗囂據隴擁衆囂問彪曰往者周亡戰國並爭天下分裂意者從横之事復起於今乎

昔在帝堯之禪曰咨爾舜天之歷數在爾躬舜亦以命

禹善曰論語文也尚書帝曰來禹予懋乃德嘉乃丕績天之厤數在汝躬汝終陟元后孔安國曰厤數謂天道也元后天子也爾雅曰命告也暨于稷契咸佐唐虞光濟四海奕世載德至于湯武而有天下善曰稷武王之祖也契成湯之祖也杜預左氏傳注曰暨至也國語祭公謀父曰奕世載德孔安國尚書傳曰載行也雖其遭遇異時禪代不同至于應天順人其揆一焉善曰周易曰湯武革命順乎天應乎人孟子曰先聖後聖其揆一也是故劉氏承堯之祚氏族之世著于春秋善曰漢書贊曰春秋晉史蔡墨有言陶唐氏既衰其後有劉累范氏其後也范氏爲晉士師魯文公世出奔秦後歸于晉其處者爲劉氏唐據火德而漢紹之善曰帝系曰帝堯封于唐爲火德漢書贊曰漢承堯運德祚已盛斷蛇著符旗幟尚赤協于火德自然之應得天統矣始起沛澤則神母夜號以彰赤帝之符善曰漢書曰高祖夜徑澤中有大蛇當徑高祖乃拔劒斬蛇後人來至蛇所

有一老嫗夜哭曰吾子白帝子也化爲蛇當道今者赤帝子斬之又曰高祖立爲沛公旗幟皆赤由是知所殺蛇白帝子殺者赤帝子故也　由是言之帝王之祚必有明聖顯懿之德　善曰春秋河圖揆命篇曰倉戲農黄三陽翼天德聖明法言曰昔在有熊高陽高辛唐虞三代咸有顯懿故天因而祚之　豐功厚利積累之業　善曰史記崇侯虎曰西伯積善累德諸侯皆嚮之　然後精誠通于神明流澤加於生民　善曰孝經子曰孝悌之至通於神明尚書周公曰道洽政治澤潤生民　故能爲鬼神所福饗天下所歸往　善曰孟子萬章曰堯薦舜如何曰使之主祭百神享之使之主事事治而百姓安之易乾鑿度曰王者天下所歸韓詩外傳曰王者往也天下往之謂之王也　未見運世無本功德不紀而得倔起在此位者也　善曰世運五行更運相次之世也不紀不爲人所記也春秋元命苞曰五德之運應録次相代埤蒼曰崛特起也崛與倔同　世俗見高祖興於布衣不達其故

善曰漢書曰高祖曰吾以布衣取天下家語孔子曰舜起布衣而終以帝也以爲適遭暴亂得奮其劒善曰適猶遇也漢書高祖曰吾提三尺劒取天下遊說之士至比天下於逐鹿幸捷而得之善曰漢書隗囂曰秦失其鹿劉季逐而掎之時人復知漢乎太公六韜曰取天下若逐野鹿得鹿天下共分其肉不知神器有命不可以智力求韋昭曰神器天子璽符服御之物善曰老子曰天下神器不可爲也爲者敗之也悲夫此世之所以多亂臣賊子者也善曰孟子曰孔子成春秋而亂臣賊子懼若然者豈徒闇於天道哉又不覩之於人事矣夫餓饉流隸飢寒道路善曰說文曰餓飢也穀梁傳曰五穀不升謂之饉流隸流移賤隸也左氏傳曰人有十等輿臣隸也饉或爲殣荀悅曰道瘞謂之殣也思有短褐之襲檐石之蓄韋昭曰短爲裋裋襦也毛布曰褐善曰裋丁管切說文曰襲重衣也字林曰襲大篋也晉灼曰無一檐與一斛之餘所願

不過一金終於轉死溝壑韋昭曰一斤爲一金善曰孟子謂滕文公曰爲人父母使老稚轉乎溝壑惡在爲人父母也何則貧窮亦有命也善曰墨子曰貧富治亂固有天命不可損益也況乎天子之貴四海之富神明之祚可得而妄處哉善曰禮記孔子曰舜其大孝也與尊爲天子富有四海之内宗廟饗之子孫保之法言曰天因祚之爲神明主也故雖遭罹厄會竊其權柄勇如信布强如梁籍成如王莽然卒潤鑊伏鑕烹醢分裂善曰史記曰項籍其季父項梁陳勝等起梁爲楚上柱國軍下邳自號武信君北至定陶再破秦軍後秦大破之項梁死又況幺麼不及數子而欲闇干天位者也善曰鶡冠子曰無道之君任用幺麼動則煩濁有道之君任用俊雄動則明白通俗文曰不長曰幺細小曰麼莫可切爾雅曰干求也是故駑蹇之乘不騁千里之塗善曰廣雅曰駑駘也今謂馬之下者爲駑王逸楚辭注曰蹇跛也呂氏春

秋曰所爲貴驥者爲其一日千里也鷰雀之疇不奮六翮之用善曰史記陳涉曰鷰雀安知鴻鵠之志哉韓詩外傳蓋胥曰夫鴻鵠一擧千里所恃者六翮耳楶梲之材不荷棟梁之任應劭曰爾雅曰楄楄謂之楶梲朱儒柱善曰說文曰楄枅上標周易曰棟隆之吉不撓乎下也楶音節梲之劣切斗筲之子不秉帝王之重音義曰筲竹筥也受一斗善曰論語子曰斗筲之人何足筭也易曰鼎折足覆公餗不勝其任也善曰周易鼎卦之辭也說文曰鬻鬻鼎實也鬻鬻與餗同音速當秦之末豪桀共推陳嬰而王之嬰母止之曰自吾爲子家婦而世貧賤卒富貴不祥不如以兵屬人事成少受其利不成禍有所歸嬰從其言而陳氏以寧善曰史記文王陵之母亦見項氏之必亡而劉氏之將興也是時陵爲漢將而母獲於楚有漢使來陵母

見之謂曰願告吾子漢王長者必得天下子謹事之無有二心遂對漢使伏劒而死以固勉陵其後果定於漢陵爲宰相封侯善曰史記文夫以匹婦之明猶能推事理之致探禍福之機善曰白虎通曰庶人稱匹夫何言其夫妻爲偶也鄭玄周禮注曰致猶會也全宗祀於無窮垂冊書於春秋而況大丈夫之事乎張晏曰冊書史記也晉灼曰至周名春秋考紀也善曰孟子曰富貴不能淫貧賤不能移此之謂大丈夫也是故窮達有命吉凶由人善曰呂氏春秋曰道德於此窮達一也左氏傳周內史叔興曰吉凶由人嬰母知廢陵母知興審此二者帝王之分決矣蓋在高祖其興也有五一曰帝堯之苗裔二曰體貌多奇異善曰漢書曰高祖爲人隆準而龍顏美鬚髯左股有七十二黑子三曰神武有徵應善曰

徵應謂下衆瑞也四曰寬明而仁恕善曰漢書曰高祖寬仁愛人意豁如也五曰知人善任使善曰高祖任張良以運籌委蕭何以關內是也加之以信誠好謀達於聽受見善如不及用人如由己善曰論語子曰見善如不及從諫如順流趣時如響起善曰左氏傳叔向曰齊桓公從善如流周易曰變通者趣時者也當食吐哺納子房之策善曰漢書酈食其欲立六國後漢王以問張良良發八難漢王輟食吐哺曰豎儒幾敗乃公事拔足揮洗揖酈生之說善曰漢書曰酈食其求見沛公方踞牀使兩女子洗足酈生不拜長揖曰足下必欲誅無道秦不宜踞見長者沛公起攝衣謝之延上坐食其說沛公襲陳留悟戍卒之言斷懷土之情善曰漢書曰高祖西都洛陽戍卒婁敬說上曰陛下都洛陽不便不如入關據秦之固是日車駕西都長安高四皓之名割肌膚之愛善曰漢書曰上欲廢太子立戚夫人子趙王如意呂后不知所爲張良曰顧上有所不能致四

人令太子爲書卑辭安車請以爲客令上見之則一助也於是太子迎四人至上破黥布歸愈欲易太子及置酒太子侍四人者從上乃驚曰吾求公公逃避我今公何自從吾兒遊煩公幸卒調護太子竟不易太子者良本招此四人之力也舉韓信於行陣收陳平於亡命善曰漢書曰蕭何薦韓信於漢王於是漢王齋戒設壇場拜信爲大將軍又曰陳平亡楚來降漢王與語說之使驂乘監諸將英雄陳力羣策畢舉此高祖之大略所以成帝業也善曰莊子許由曰我爲汝言其大略廣雅曰略法也若乃靈瑞符應又可略聞矣善曰略粗略也初劉媪妊高祖而夢與神遇震電晦冥有龍蛇之怪善曰漢書曰高祖母媪嘗息大澤之陂夢與神遇是時雷電晦冥父往視則見蛟龍於其上已而有娠遂産高祖說文曰好孕也如蔭切及長而多靈有異於衆是以王武感物而折契呂公覩形而進女善曰漢書曰高祖常從王媪武負貰酒時飲醉臥武負王媪見其上常

有怪歲竟此兩家常折券棄債貰食夜切又曰呂公見高祖曰臣少好相人相人多矣無如季相臣有息女願爲箕箒妾也秦皇東遊以厭其氣呂后望雲而知所處善曰漢書秦始皇帝曰東南有天子氣於是東遊以厭當之高祖隱於芒碭山澤閒呂后與人俱求常得之高祖怪問呂后曰季所居上常有雲氣故從往常得季說文曰厭塞也於冉切始受命則白蛇分西入關則五星聚善曰白蛇分已見上文漢書曰元年冬十月五星聚於東井沛公至霸上也故淮陰留侯謂之天授非人力也善曰漢書韓信謂高祖曰且陛下天授非人力也又曰張良數以太公兵法說沛公沛公喜常用其策爲他人言皆不省良曰沛公殆天授故遂從之歷古今之得失驗行事之成敗稽帝王之世運考五者之所謂取舍不厭斯位符瑞不同斯度韋昭曰厭合也善曰一豔切而苟昧權利越次妄據外不量力內不知命善曰左氏傳曰息侯

伐鄭君子曰不量力論語孔子曰不知命無以爲君子則必喪保家之主失天年之壽善曰左氏傳曰趙孟過鄭印段賦蟋蟀趙孟曰保家之主也莊子弟子問於莊子曰山中之木以不材得終其天年也遇折足之凶伏斧鉞之誅英雄誠知覺寤畏若禍戒超然遠覽淵然深識收陵嬰之明分絶信布之覬覦善曰左氏傳師服曰下無覬覦杜預曰下不敢望上位也說文曰覬幸也覦欲也距逐鹿之瞽說審神器之有授貪不可冀無爲二母之所笑韋昭曰幾望也今本作冀則福祚流于子孫天祿其永終矣善曰尚書曰四海困窮天祿永終

典論論文一首　魏文帝

文人相輕自古而然傅毅之於班固伯仲之間耳而固

小之與弟超書曰武仲以能屬文爲蘭臺令史下筆不能自休伯仲喻兄弟之次也言勝負在兄弟之閒不甚相踰也范曄後漢書曰班超字仲升徐令彪之少子也夫人善於自見而文非一體鮮能備善是以各以所長相輕所短里語曰家有弊帚享之千金斯不自見之患也東觀漢記曰吳漢入蜀都縱兵大掠上詔讓漢曰城降孩兒老母口萬數一旦放兵縱火聞之可爲酸鼻家有弊帚享之千金禹宗室子孫故甞更職何忍行此杜預左氏傳注曰享通也享或爲享今之文人魯國孔融文舉廣陵陳琳孔璋山陽王粲仲宣北海徐幹偉長陳留阮瑀元瑜汝南應瑒德璉東平劉楨公幹斯七子者於學無所遺於辭無所假咸以自騁驥騄於千里仰齊足而並馳以此相服亦良難矣千里已見

上文毛萇詩傳曰田獵齊足尚疾也蓋君子審己以度人故能免於斯累呂氏春秋曰君子必審諸己然後任人楚辭曰羌內恕己以量人王逸曰量度也而作論文王粲長於辭賦徐幹時有齊氣然粲之匹也言齊俗文體舒緩而徐幹亦有斯累漢書地理志曰故齊詩曰子之還兮遭我乎峱之間兮此亦舒緩之體也如粲之初征登樓槐賦征思幹之玄猿漏巵圓扇橘賦雖張蔡不過也然於他文未能稱是琳瑀之章表書記今之雋也應瑒和而不壯劉楨壯而不密孔融體氣高妙有過人者然不能持論理不勝詞漢書東方朔枚臯不根持論孔叢子平原君謂公孫龍曰公無復與孔子高辯事也其理勝於辭公辭勝於理以至乎雜以嘲戲及其所善揚班儔也常人貴遠賤近向聲背實又患闇於自見謂己

爲賢夫文本同而末異蓋奏議宜雅書論宜理銘誄尚實詩賦欲麗此四科不同故能之者偏也唯通才能備其體文以氣爲主氣之清濁有體不可力強而致譬諸音樂曲度雖均節奏同檢蒼頡篇曰檢法度也至於引氣不齊巧拙有素雖在父兄不能以移子弟桓子新論曰惟人心之所獨曉父不能以禪子兄不能以教弟也蓋文章經國之大業不朽之盛事年壽有時而盡榮樂止乎其身二者必至之常期未若文章之無窮是以古之作者寄身於翰墨見意於篇籍不假良史之辭不託飛馳之勢而聲名自傳於後故西伯幽而演易周旦顯而制禮司馬遷書曰西伯拘而演周易不以隱約而弗務不以

康樂而加思周易曰隱約者觀其不懾懼夫然則古人賤尺璧而重寸陰懼乎時之過已淮南子曰聖人不貴尺之璧而重寸之陰時難得而易失孔叢子孔子曰不讀易則不知聖人之心必不使時過已也而人多不強力貧賤則懾於飢寒富貴則流於逸樂鄭玄禮記注曰懾恐懼也賈逵國語注曰流放也遂營目前之務而遺千載之功日月逝於上體貌衰於下忽然與萬物遷化斯志士之大痛也古詩曰奄忽隨物化榮名以爲寶融等已逝唯幹著論成一家言

六代論一首論夏殷周秦漢魏也　曹元首

魏氏春秋曰曹冏字元首少帝族祖也是時天子幼稚冏冀以此論感悟曹爽爽不能納爲弘農太守少帝齊王芳也

昔夏殷周之歷世數十而秦二世而亡紀年曰凡夏自禹以至于桀十七王殷自成湯滅夏以至于受二十九王大戴禮曰殷爲天子二十餘世而周受之周爲天子三十餘世而秦受之秦爲天子二世而亡何殷周有道而長秦無道而暴也何則三代之君與天下共其民故天下同其憂秦王獨制其民故傾危而莫救夫與人共其樂者人必憂其憂與人同其安者人必拯其危先王知獨治之不能久也故與人共治之班固漢書贊曰孝宣帝稱曰與我共此者其唯良二千石乎知獨守之不能固也故與人共守之班固漢書贊曰昔周盛則周召相其治致刑措衰則五伯扶其弱與共守之兼親疏而兩用叅同異而並進是以輕重足以相鎮親疏足以相衛并兼路塞逆節不生賈誼過秦曰秦并兼諸侯山東三十郡漢書主父偃說上曰今以法

割削諸侯則逆節萌起及其衰也桓文帥禮齊桓晉文苞茅不貢齊師伐楚宋不城周晉戮其宰左氏傳曰齊侯伐楚楚子使與師言曰不虞君之涉吾地何故管仲對曰爾貢苞茅不入王祭不共無以縮酒寡人是徵又曰晉魏舒合諸侯之大夫于翟泉將以城成周宋仲幾不受功曰滕薛郳吾役也爲宋役亦職也士伯怒曰必以仲幾爲戮乃執仲幾歸諸京師王綱弛而復張諸侯傲而復肅二霸之後寖以陵遲漢書曰二霸之後寖以陵遲吴楚憑江負固方城雖心希九鼎而畏迫宗姬左氏傳屈完對齊侯曰楚國方城以爲城漢水以爲池又曰楚子觀兵于周疆問鼎之大小輕重焉王孫滿對曰周德雖衰天命未改鼎之輕重未可問也姦情散於胷懷逆謀消於脣吻亡粉反斯豈非信重親戚任用賢能枝葉碩茂本根賴之與班固漢書述曰公族蕃滋枝葉碩茂自此之後轉相攻伐吴并於越晉分

爲三魯滅於楚鄭兼於韓史記曰越王勾踐自會稽歸拊循其士民伐吳大破之吳王自殺又曰魏武侯韓哀侯趙敬侯滅晉後而三分其地又曰楚考烈王伐滅魯又曰韓哀滅鄭并其國暨乎戰國諸姬微矣唯燕衛獨存然皆弱小西迫強秦南畏齊楚救於滅亡匪遑相卹至於王赧匿簡降爲庶人猶枝幹相持得居虛位海内無主四十餘年班固漢書贊曰暨于王赧降爲庶人用天年終號位已絕於天下尚猶枝葉相持莫得居其虛位海内無主四十餘年也秦據勢勝之地騁譎詐之術征伐關東蠶食九國班固漢書贊曰秦據勢勝之地騁狙詐之兵蠶食山東一切取勝賈誼過秦曰九國之師遁逃而不敢進至於始皇乃定天位尚書曰天位艱哉曠日若彼用力若此班固漢書贊曰至始皇乃并天下以德若彼用力如此其艱難也豈非深根固蔕不拔之道乎老子曰有國之母可

以長久是謂深根固蔕長生久視之道班固漢書贊曰所以親親賢賢褒表功德深根固本爲不可拔者也

易曰其亡其亡繫于苞桑周德其可謂當之矣周易否卦之辭也鄭玄曰苞植也否世之人不知聖人有命咸云其將亡矣其將亡矣而聖乃自繫於植桑不亡也王弼曰心存將危乃得固也秦觀周之弊將以爲以弱見奪於是廢五等之爵立郡縣之官班固漢書贊曰秦既稱帝患周之敗以爲諸侯力爭四夷交侵以弱見奪於是削去五等史記李斯奏曰置諸侯不便始皇於是分天下以爲三十六郡置守尉監也棄禮樂之教任苛刻之政子弟無尺寸之封功臣無立錐之土內無宗子以自毗輔外無諸侯以爲蕃衛班固漢書贊曰秦竊自號謂皇帝而子弟爲匹夫內亡骨肉本根之輔外亡尺土蕃翼之衛莊子曰堯舜有天下子孫無置錐之地仁心不加於親戚惠澤不流於枝葉譬猶芟刈股肱獨任

胷腹浮舟江海捐棄楫櫂［法言曰灝灝之海濟樓航之力也航人無楫如航何通俗文櫂謂檝也］觀者爲之寒心而始皇晏然自以爲關中之固金城千里子孫帝王萬世之業也豈不悖哉［賈誼過秦曰天下已定始皇之心以爲關中之固金城千里子孫帝王萬世之業也］是時淳于越諫曰臣聞殷周之王封子弟功臣千有餘歲今陛下君有海内而子弟爲匹夫卒有田常六卿之臣而無輔弼何以相救事不師古而能長久者非所聞也［史記曰齊簡公立田常監止爲左右相田氏殺監止簡公出奔田氏執簡公于徐州遂殺之又曰晉昭公卒六卿强公室卑六卿謂范氏中行氏智氏及趙韓魏也論語糺滑讖曰陳滅齊六卿分晉尚書曰事不師古以克永代匪說攸聞］始皇聽李斯偏說而絀其義至身死之日無所寄付委天下之重於凡

夫之手託廢立之命於姦臣之口史記曰始皇崩趙高乃與胡亥丞相李斯陰破去始皇所封書賜公子扶蘇者而更詐爲丞相受始皇遺詔立子胡亥爲太子更爲書賜公子扶蘇死至令趙高之徒誅鋤宗室史記曰二世尊用趙高申法令乃行誅大臣及諸公子春秋合誠圖曰誅鋤民害胡亥少習克薄之教長遵凶父之業史記曰趙高故常教胡亥書及獄律令法事史記太史公曰商君其天資刻薄人也不能改制易法寵任兄弟而乃師謨申商諮謀趙高自幽深宮委政讒賊史記李斯上書二世曰能明申韓之術而修商君之法法修術明而天下亂者未之聞也應劭漢書注曰申不害韓昭侯相衛公孫鞅秦孝公相李奇曰法皆深刻無恩史記曰二世常居禁中與趙高決事事無大小輒決於高蒼頡篇曰委任之也身殘望夷求爲黔首豈可得哉史記曰二世齋望夷宮欲祠涇使使責讓趙高以盜事高懼乃陰與其女婿咸陽令閻樂謀易上樂前即謂二世曰足下其自爲計

二世曰願得妻子爲黔首閻樂麾其兵進二世自殺也遂乃郡國離心衆庶潰叛尚書曰受有億兆夷人離心離德左氏傳曰人逃其上曰潰勝廣唱之於前劉項斃之於後史記曰吳廣爲假王擊秦班固漢書贊曰秦竊自號謂皇帝而子弟爲匹夫吳陳奮其白挺劉項隨而斃之向使始皇納淳于之策抑李斯之論割裂州國分王子弟封三代之後報功臣之勞土有常君民有定主枝葉相扶首尾爲用雖使子孫有失道之行時人無湯武之賢姦謀未發而身已屠戮何區區之陳項而復得措其手足哉故漢祖奮三尺之劍驅烏集之衆曾子曰烏合之衆初雖相歡後必相咋也五年之中而成帝業漢書曰高祖五年斬羽東城即皇帝位於汜水之陽自開闢以來其興功立勳未有若漢祖之易者也

夫伐深根者難爲功摧枯朽者易爲力理勢然也班固漢書贊曰漢無尺土之階繇一劒之任五年而成帝業書傳所未嘗有焉何則古代相革皆承聖王之烈今漢獨收孤秦之斃鑴金石者難爲功摧枯朽者易爲力其勢然也漢鑒秦之失封植子弟及諸呂擅權圖危劉氏漢書太后崩上將軍呂祿相國呂産專兵秉政謀作亂賈逵國語注曰權秉即柄字也而天下所以不能傾動百姓所以不易心者徒以諸侯強大盤石膠固漢書宋昌曰高帝王子弟所謂盤石之宗也莊子曰待膠漆而固者是侵其德者也范曄後漢書曰鄭泰曰以膠固之衆當解合之勢東牟朱虛授命於內齊代吳楚作衛於外故也漢書宋昌曰諸呂擅權專制太尉卒以滅之內有朱虛東牟之親外畏吳楚齊代之強又曰齊悼惠王肥高祖六年立又曰齊悼惠王子章高后封爲朱虛侯章弟興居爲東牟侯向使高祖踵亡秦之法王逸楚辭注曰踵繼也忽先王之

制則天下已傳非劉氏有也然高祖封建地過古制大者跨州兼域小者連城數十上下無別權侔京室故有吳楚七國之患（班固漢書贊曰漢興懲戒亡秦孤立之敗於是封王子弟大者跨州兼郡小者連城數十宮室百官制同京師）賈誼曰諸侯強盛長亂起姦夫欲天下之治安莫若衆建諸侯而少其力令海內之勢若身之使臂臂之使指則下無背叛之心上無誅伐之事文帝不從（漢書賈誼上疏之文）至於孝景猥用朝錯之計削黜諸侯親者怨恨疏者震恐吳楚唱謀五國從風兆發高祖釁成文景由寬之過制急之不漸故也（漢書曰朝錯數言吳過可削文帝寬不忍罰及景帝即位錯曰高帝初定天下諸子弱故大封同姓今吳謀作亂逆削之亦反不削亦反於是方議削吳

吴王恐因欲發謀舉事諸侯既新削罰震恐多怨錯及吴先起兵膠西膠東淄川濟南楚趙亦皆反猥曲也所謂末大必折尾大難掉左氏傳楚子問於申無宇曰國有大城何如對曰末大必折尾大不掉君所知也杜預曰折折其本也尾同於體猶或不從況乎非體之尾其可掉哉武帝從主父之策下推恩之命自是之後齊分爲七趙分爲六淮南三割梁代五分漢書主父偃說上曰令諸侯或連城數十願陛下令諸侯得推恩分子弟以地侯之彼人人喜得所願上以德施實分其國必稍自銷弱矣上從其計又班固贊曰武帝施主父之策下推恩之令使諸侯得分戶邑以封子弟不行黜陟而國自析自是齊分爲七趙分爲六梁分爲五淮南分爲三也遂以陵遲子孫微弱衣食租稅不豫政事班固漢書贊曰景帝遭七國之難抑損諸侯諸侯唯得衣食租稅不與政事或以酎金免削或以無後國除漢書曰列侯坐獻黃金酎祭宗廟不如法奪爵

者百六人漢儀注王子爲侯侯歲以戶口酎黃金於漢廟皇帝臨受獻金助祭大祀曰飲酎飲酎受金小不如斤兩色惡者王削縣侯免國漢書曰趙哀王福薨無子國除至於成帝王氏擅朝劉向諫曰臣聞公族者國之枝葉枝葉落則本根無所庇蔭方今同姓疏遠母黨專政排擯宗室孤弱公族非所以保守社稷安固國嗣也漢書劉向上疏之文其言深切多所稱引成帝雖悲傷歎息而不能用漢書曰成帝即位向數上疏言得失陳法戒書數十上以助觀覽補遺闕上雖不能盡用然嘉其言常嗟嘆之至乎哀平異姓秉權假周公之事而爲田常之亂高拱而竊天位一朝而臣四海漢宗室王侯解印釋綬貢奉社稷猶懼不得爲臣妾或乃爲之符命頌莽恩德豈不哀哉班固漢書贊曰至哀平之際王莽知

中外殫微因母后之權假伊周之稱詐謀既成遂據南面之尊漢諸侯王厥角稽首奉上璽韍唯恐在後或乃稱美頌德以求容媚豈不哀哉田常篡齊已見上文漢書曰王莽廢漢藩王廣陵王嘉獻符命封扶策侯又曰鄗鄉侯閔以莽篡位獻神書言莽得封列侯鄗音吾由斯言之非宗子獨忠孝於惠文之間而叛逆於哀平之際也徒以權輕勢弱不能有定耳賴光武皇帝挺不世之姿杜篤論都賦曰于時聖帝兼不世之姿禽王莽於已成紹漢祀於既絕斯豈非宗子之力耶而曾不鑒秦之失策襲周之舊制踵亡國之法而僥倖無疆之期至於桓靈奄竪執衡范曄後漢書曰桓帝立曹騰以定策功遷大長秋又曰靈帝時大將軍竇武謀誅中官曹節矯詔誅武等鄭玄尚書注曰稱上曰衡朝無死難之臣外無同憂之國君孤立於上臣弄權於下班固漢書序曰漢興懲戒

亡秦孤立之敗本末不能相御身手不能相使由是天下鼎沸姦凶並爭張超牋曰中外雲擾萬夫鼎沸宗廟焚爲灰燼宮室變爲蓁藪杜預左氏傳注曰燼火餘木也居九州之地而身無所安處悲夫魏太祖武皇帝躬聖明之資兼神武之略晉灼漢書注曰資材量也恥王綱之廢絶愍漢室之傾覆龍飛譙沛鳳翔兖豫魏志曰太祖武皇帝沛國譙人爲兖州牧後太祖遷都於許許屬豫州東京賦曰龍飛白水鳳翔參墟掃除凶逆翦滅鯨鯢左氏傳曰楚子曰古者明王伐不敬取其鯨鯢而封以爲大戮杜預曰鯨鯢大魚以喻不義之人也迎帝西京定都潁邑魏志曰天子東遷敗於曹陽太祖乃遣曹洪將兵西迎天子還雒董昭勸太祖都許漢書潁川郡有許縣德動天地義感人神漢氏奉天禪位大魏大魏之興于今二十有四年矣觀五代之

存亡而不用其長策，覩前車之傾覆而不改其轍迹。晏子曰：諺曰：前車覆，後車戒也。子弟王空虛之地，君有不使之民，宗室竄於閭閻，不聞邦國之政，權均匹夫，勢齊凡庶，內無深根不拔之固，外無盤石宗盟之助，非所以安社稷、爲萬代之業也。左氏傳曰：周之宗盟，異姓爲後。且今之州牧郡守，古之方伯諸侯，皆跨有千里之土，兼軍武之任，或比國數人，或兄弟並據，而宗室子弟曾無一人閒廁其閒，與相維持，非所以強幹弱枝、備萬一之慮也。班固漢書贊曰：徙吏二千石於諸陵，蓋亦強幹弱枝也。今之用賢，或超爲名都之主，或爲偏師之帥，而宗室有文者必限以小縣之宰，有武者必置於百人之上，使夫廉高之士畢志於衡軛之內 衡軛車之衡軛也言王者之御群臣猶人之御牛馬故以衡軛喻焉畢志其內未得騁其駿足也 才能之人恥與非類爲伍非所以勸進賢能褒異宗族之禮也夫泉竭則流涸根朽則葉枯枝繁者蔭根條落者本孤故語曰百足之蟲至死不僵扶之者衆也 魯連子曰百足之蟲至斷不蹶者持之者衆也 此言雖小可以譬大 司馬相如諫獵書曰此言雖小可以喻大 且墉基不可倉卒而成威名不可一朝而立 文子曰人主之有人猶城之有基木之有根根深即本固基厚即上安也 皆爲之有漸建之有素譬之種樹久則深固其根本茂盛其枝葉若造次徙於山林之中植於宮闕之下雖壅之以黑墳暖之以春日 尚書曰厥土惟黑墳孔安國曰色黑而墳起也 猶不

救於枯槁何暇繁育哉夫樹猶親戚土猶士民建置不久則輕下慢上平居猶懼其離叛危急將如之何是聖王安而不逸以慮危也存而設備以懼亡也故疾風卒至而無摧拔之憂天下有變而無傾危之患矣

博弈論一首 系本曰烏曹作博許慎說文曰博局戲也六箸十二棊也楊雄方言曰圍棊自關而東齊魯之間謂之弈

韋弘嗣 吳志曰韋曜字弘嗣吳郡人爲太子中庶子時蔡穎亦在東宮性好博弈太子和以爲無益令曜論之後爲中書僕射孫晧誅之裴松之曰曜本名昭史爲晉諱改之也

蓋君子恥當年而功不立疾沒世而名不稱論語子曰君子疾沒世而名不稱焉故曰學如不及猶恐失之論語孔子之辭是以古之志

士悼年齒之流邁，而懼名稱之不建也。勉精厲操，晨興夜寐，不遑寧息，經之以歲月，累之以日力，若甯越之勤，董生之篤，漸漬德義之淵，棲遲道藝之域。呂氏春秋曰：甯越，中牟之鄙人也，苦耕稼之勞，謂其友曰：何爲而可以免此苦耕也？其友曰：莫如學。學三十歲則可達矣。甯越曰：請以十五歲。人將休，吾將不休；人將卧，吾將不敢卧。十五歲而周威王師之。漢書曰：董仲舒修春秋，三年不窺園圃，其精如此。且以西伯之聖，姬公之才，猶有日昃待旦之勞，尚書周公曰：文王自朝至於日中昃，不遑暇食，用咸和萬民。孟子曰：周公思兼三王，其有不合者，仰而思之，夜以繼日，幸而得之，坐以待旦。故能隆興周道，垂名億載，況在臣庶而可以已乎？歷觀古今功名之士，皆有積累殊異之迹，勞神苦體，契闊勤思，平居不惰其業，窮困不易其素。是以卜式立志於耕牧而黄霸受道於囹圄終有榮顯之福以成不朽之名漢書曰卜式河南人以田畜爲事入山牧羊十餘年羊致千餘頭又曰黄霸字次公淮陽人遷丞相長史宣帝欲襃先帝夏侯勝曰武帝不宜爲立廟樂勝坐非議詔書霸坐阿縱勝不舉劾皆下獄勝霸既久繫霸欲從勝受經勝辭以罪死霸曰朝聞道夕死可矣勝賢其言遂授之繫更再冬講論不怠故山甫勤於夙夜而吳漢不離公門豈有遊惰哉毛詩曰肅肅王命仲山甫將之夙夜匪懈以事一人東觀漢記曰吳漢字子顔南陽人鄧禹及諸將多漢舉者再三召見其後勤勤不離公門上亦以其南陽人漸親之今世之人多不務經術好翫博弈廢事棄業忘寢與食窮日盡明繼以脂燭當其臨局交爭雌雄未決專精鋭意神迷體倦人事曠而不脩賓旅闕而不接雖有太牢之饌韶夏之樂不暇存也至

或賭及衣物徙棊易行埤蒼賭賜也賭丁古切賜記被切廉恥之意弛而忿戾之色發然其所志不出一枰之上所務不過方罫古買之閒方言曰投博謂之枰皮兵切栢譚新論曰俗有圍棊或言是兵法之類也及爲之上者張置疏遠多得道而爲勝中者務相絶遮要以爭便利下者守邊趍作罫自生於小地猶薛公之言黥布反也上計取吳楚廣道者也中計塞城皐遮要爭利者也下計據長沙以臨越此守邊隅趍作罫者也更始帝將相不能防衛而令罫中死棊皆生勝敵無封爵之賞獲地無兼土之實技非六藝用非經國立身者不階其術徵選者不由其道廣雅曰階因也求之於戰陣則非孫吳之倫也劉向圍棊賦曰略觀圍棊法於用兵怯者無功貪者先亡漢書曰孫子兵法八十二篇吳起三十八篇考之於道藝則非孔氏之門也以變詐爲務則非忠信之事也以劫殺爲

名則非仁者之意也尹文子曰以智力求者喻如弈弈進退取與攻劫殺舍在我者也而空妨日廢業終無補益是何異設木而擊之置石而投之哉且君子之居室也勤身以致養其在朝也竭命以納忠臨事且猶旰食而何暇博弈之足耽左氏傳伍奢曰楚君大夫其旰食乎班固漢書述曰媚茲一人日旰忘食夫然故孝友之行立貞純之名章也方今大吳受命海內未平聖朝乾乾務在得人周易曰君子終日乾乾班固公孫引贊曰漢之得人於茲爲盛勇略之士則受熊虎之任儒雅之徒則處龍鳳之署熊虎猛捷故以譬武龍鳳五彩故以喻文尚書曰如虎如貔如熊如羆熊于商郊蘇武荅李陵書曰其於學人皆如鳳如龍百行兼苞文武並騖孝經鈎命決曰引興摘暴一字管百行博選良才旌簡髦俊賈逵國語注曰旌表也設

程試之科，垂金爵之賞，說文曰程品也廣雅曰科條也誠千載之嘉會，百世之良遇也。桓子新論曰夫聖人乃千載一出周易曰亨者嘉之會也當世之士，宜勉思至道，愛功惜力，以佐明時，廣雅曰惜愛也使名書史籍，勳在盟府，左氏傳宫之奇曰虢叔爲文王卿士勳在王室藏於盟府乃君子之上務，當今之先急也。夫一木之枰，孰與方國之封？枯棊三百，孰與萬人之將？邯鄲淳藝經曰棊局縱横各十七道合二百八十九道白黑棊子各一百五十枚衮龍之服，金石之樂，足以兼棊局而貿博弈矣。周禮曰三公自衮冕而下鄭玄曰衮衮龍九章衣也東都賦曰修衮龍之法服左氏傳曰晋侯以樂之半賜魏絳始有金石之樂廣雅曰貿易之也假令世士移博弈之力，用之於詩書，是有顏閔之志也；用之於智計，是有良平之思也；用之於資

貨是有猗頓之富也猗頓已見賈誼過秦論用之於射御是有將帥之備也如此則功名立而鄙賤遠矣

文選卷第五十二

賜進士出身通奉大夫江南蘇松常鎮太等處承宣布政使司布政使胡克家重校刊

文選卷第五十三

梁昭明太子撰

文林郎守太子右內率府錄事參軍事崇賢館直學士臣李善注上

論三

嵇叔夜養生論一首　李蕭遠運命論一首

陸士衡辯亡論上下二首

養生論一首

嵇喜爲康傳曰：康性好服食，常采御上藥，以爲神仙稟之自然，非積學所致。至於導養得理，以盡性命，若安期彭祖之倫，可以善求而得也。著養生篇

嵇叔夜

世或有謂神仙可以學得，不死可以力致者，王逸楚辭注曰：謂，說

也鄭玄禮記注曰致之猶言至也或云上壽百二十古今所同過此以往莫非妖妄者養生經黄帝問天老曰人生上壽一百二十年中壽百年下壽八十年而竟不然者皆夭耳此皆兩失其情請試粗論之鄭玄禮記注曰粗麤也說文曰粗疏也徂古切夫神仙雖不目見然記籍所載前史所傳較角而論之其有必矣廣雅曰較明也似特受異氣稟之自然非積學所能致也孔安國尚書傳曰稟受也夫自然者不知其然而然老子曰道法自然至於導養得理以盡性命上獲千餘歲下可數百年可有之耳天老養生經老子曰人生大期以百二十年爲限節度護之可至千歲而世皆不精故莫能得之何以言之夫服藥求汗或有弗獲而愧情一集渙然流離漢書曰上問右丞相周勃曰天下一歲決獄幾何勃謝不知問天下錢穀一歲出幾何勃又謝

不知汗出洽背媿不能對顏師古曰洽霑也周易曰渙汗其大號終朝未餐則嚻然思食而曾子銜哀七日不飢毛詩曰終朝采綠終朝謂從旦至食時嚻然飢意也禮記曾子謂子思曰伋吾執親之喪也水漿不入於口者七日夜分而坐則低迷思寢內懷殷憂則達旦不瞑古眠字韓子曰衛靈公至濮水之上夜分而聞有鼓新聲者韓詩曰耿耿不寐如有殷憂漢書劉向曰夜觀星宿或不寐達旦勁刷理鬢醇醴發顏僅乃得之通俗文曰所以理髮謂之刷也何休公羊傳注曰僅劣也壯士之怒赫然殊觀植髮衝冠淮南子曰荆軻爲燕太子丹刺秦王高漸離宋如意爲擊筑而歌於易水之上荆軻瞋目裂眥髮植衝冠由此言之精神之於形骸猶國之有君也神躁於中而形喪於外猶君昏於上國亂於下也夫爲稼於湯之世偏有一溉之功者雖終歸燋爛必一溉者後枯

然則一漑之益固不可誣也種曰稼言種穀於湯之世値七年之旱終歸是死而彼一漑之苗則在後枯亦猶人處於俗同皆有死能攝生者則後終也孫卿子曰禹十年水湯七年旱說文曰漑灌也而世常謂一怒不足以侵性一哀不足以傷身輕而肆之淮南子曰大怒破陰大喜墜陽養生要彭祖曰憂悲哀傷人喜樂過差傷人賈逵國語注曰肆恣也是猶不識一漑之益而望嘉穀於旱苗者也國語子餘謂秦伯曰使能成嘉穀君之力也是以君子知形恃神以立神須形以存悟生理之易失知一過之害生淮南子曰形者生之舍也氣者生之元也神者生之制也一失位則二者傷矣故脩性以保神安心以全身愛憎不棲於情憂喜不留於意泊然無感而體氣和平老子曰我獨泊然而未兆說文曰泊無爲也禮記曰樂行血氣和平又呼吸吐納服食養身使形

神相親表裏俱濟也莊子曰吹呴呼吸吐故納新爲壽而已矣古詩曰服食求神仙夫田種者一畝十斛謂之良田此天下之通稱也不知區種可百餘斛氾勝之田農書曰上農區田大區方深各六寸相去七寸一畝三千七百區丁男女治十畝至秋收區三升粟畝得百斛也區音鷗侯切一曰謂區隴而種非漫田也田種一也至於樹養不同則功收相懸謂商無十倍之價農無百斛之望此守常而不變者也且豆令人重榆令人瞑經方小品倉公對黃帝曰大豆多食令人身重博物志云食豆三年則身重行止難又曰啖榆則瞑不欲覺也合歡蠲忿萱草忘憂愚智所共知也神農本草曰合歡蠲忿萱草忘憂崔豹古今注曰合歡樹似梧桐枝葉繁互相交結每一風來輒自相離了不相牽綴樹之堦庭使人不忿毛詩曰焉得萱草言樹之背毛萇詩傳曰萱草令人忘憂名醫別録曰萱草是今之鹿葱也薰辛害目豚魚不

養常世所識也養生要曰大蒜勿食葷辛害目又神農曰豬肉虛人不可久食又曰豘肉損人與豬同說文曰蒜葷菜也薰與葷同豚魚無血食之皆不利人也蝨山乙處頭而黑麝食柏而香抱朴子曰今頭蝨著身皆稍變而白身蝨處頭皆漸化而黑則是玄素果無定質移易存乎所漸本草名醫云麝香形似麞常食柏葉五月得香又夏月食蛇多至寒香滿入春患急痛以脚剔去著矢溺中覆之皆有常處人有遇得乃勝殺取頸處險而癭於井齒居晉而黃淮南子曰險阻之氣多癭謂人居於山險樹木瘤臨其水上飲此水則患癭齒黃未詳推此而言凡所食之氣蒸性染身莫不相應豈惟蒸之使重而無使輕害之使闇而無使明薰之使黃而無使堅芬之使香而無使延哉方言曰延年長也故神農曰上藥養命中藥養性者本草曰上藥一百二十種爲君主養命以應天無毒久服不傷人輕身益氣不老延年中藥一百二十種爲臣主養

性以應人養生經曰上藥養命五石練形六芝延年中藥養性合歡蠲忿萱草忘憂也誠知性命之理因輔養以通也而世人不察惟五穀是見聲色是耽目惑玄黄耳務淫哇法言曰哇則鄭李軌曰哇邪也周禮鄭玄注曰五穀麻黍稷麥豆也滋味煎其府藏醴醪鬻其腸胃莊子曰聲色滋味之於人心不待學而樂之漢書曰五藏六腑周禮曰凡齊事鬻盬以待戒令鄭玄曰鬻盬謂練化之鬻今之煑字也香芳腐其骨髓喜怒悖其正氣廣雅曰悖亂也文子曰循理而動者正氣思慮銷其精神哀樂殃其平粹文子曰人之性欲平又曰真人純粹應劭漢書注曰粹淳也夫以蕞爾之軀攻之者非一塗左氏傳子産曰蕞爾小國杜預注曰蕞爾小貌也易竭之身而外内受敵身非木石其能久乎其自用甚者飲食不節以生百病好色不倦以致乏絶素問黄帝曰有病心

腹滿此何病岐伯曰此飲食不節故時病七發曰百病咸生漢書杜欽上疏曰佩玉晏鳴關雎歎之知好色之伐性短年也風寒所災百毒所傷中道天於衆難莊子曰終天年不中道天者是智之盛世皆知笑悼謂之不善持生也方言曰悼哀也笑悼謂笑其不善養生而又哀其促齡也至于措身失理亡之於微積微成損積損成衰從衰得白從白得老從老得終悶若無端莊子曰藏乎無端之紀中智以下謂之自然穀梁傳荀息曰中智以上乃能慮之臣料虞君中智以下也縱少覺悟咸歎恨於所遇之初而不知慎衆險於未兆老子曰未兆易謀是由桓侯抱將死之疾而怒扁鵲之先見以覺痛之日爲受病之始也韓子曰扁鵲謂桓侯曰君有疾在腠理猶可湯熨桓侯不信後病迎扁鵲鵲逃之桓侯遂死史記曰扁鵲療簡子東過齊見桓侯束晳曰齊桓在簡子前且二百

歲小白後無齊桓侯田和子有桓公午去簡子首末相距二百八年史記自為舛錯韋昭曰魏無桓侯臣瓚曰魏桓侯新序曰扁鵲見晉桓侯然此桓侯竟不知何國也害成於微而救之於著故有無功之治馳騁常人之域故有一切之壽仰觀俯察莫不皆然以多自證以同自慰謂天地之理盡此而已矣縱聞養生之事則斷以所見謂之不然其次狐疑雖少庶幾莫知所由其次自力服藥半年一年勞而未驗志以厭衰中路復廢或益之以畎（古犬）澮（古外）而泄之以尾閭尚書曰濬畎澮距川孔安國曰一畝之間廣尺深尺曰畎廣二尋深二仞曰澮畎澮深之亦入海也莊子海若曰天下之水莫大於海萬川歸之不知何時止而不盈尾閭泄之不知何時巳而不虛司馬彪曰尾閭水之從海水出者也一名沃燋在東大海之中尾者在百川之下故稱尾閭者聚也水聚族之處故稱閭也在扶

桑之東有一石方圓四萬里厚四萬里海水注者無不燋盡故名沃燋 欲坐望顯報者或抑情忍欲割棄榮願而嗜好常在耳目之前所希在數十年之後 說文云希望也穀梁傳荀息曰夫人玩好在耳目之前而患在一國之後 又恐兩失內懷猶豫 楚辭曰心猶豫而狐疑尸子曰五尺大犬爲豫說文云隴西謂犬子爲猶顏師古以爲人將犬行豫在人前待人不得又來迎候如此往還至于終日斯乃豫之所以爲未定也故稱猶豫或以爾雅云猶如麂善登木猶獸名聞人聲乃猶豫緣木如此上下故稱猶豫 心戰於內物誘於外交睽相傾如此復敗者夫至物微妙可以理知難以目識譬猶豫章生七年然後可覺耳 淮南子曰豫章之生七年可知延叔堅曰豫章與枕木相似須七年乃可别耳枕音尤 今以躁競之心涉希靜之塗 老子道經曰聽之不聞名曰希王逸楚辭注曰無聲曰靜 意速而事遲望近而應遠

故莫能相終夫悠悠者既以未效不求論語桀溺曰滔滔者天下皆是也而求者以不專喪業偏恃者以不兼無功追術者以小道自溺凡若此類故欲之者萬無一能成也善養生者則不然矣清虚靜泰少私寡欲莊子曰廣成子謂黄帝曰必靜必清無勞汝形無揺汝精乃可以長生老子曰少私寡欲知名位之傷德故忽而不營非欲而彊禁也左氏傳曰名位不同禮亦異數識厚味之害性故棄而弗顧非貪而後抑也國語單襄公曰厚味實腊毒也外物以累心不存神氣以醇白獨著慎子曰夫德精微而不見聰明而不發是故外物不累其内莊子曰外物不可必司馬彪曰物事也忠孝内也而外事咸不信受也淮南子曰古之人神氣不蕩乎外莊子曰虚室生白向秀曰虚其心則純白獨著曠然無憂患寂然無思慮莊子曰聖人平易恬淡則憂患

不能入也邪氣不能襲也故其德全而神不虧矣故曰聖人不思慮不預謀也又守之以一養之以和和理日濟同乎大順老子曰聖人抱一爲天下式河上公曰抱守也守一乃知萬事故能爲天下法式王弼曰一少之極也式猶則也文子曰古之爲道者養以和持以適莊子曰古之治道者以恬養知知生而無以知爲也謂之以知養恬知與恬交相養而和理出其性老子曰玄德深矣遠矣與物反矣乃至大順河上公曰大順者天理也鍾會曰反俗以入道然乃至於大順也然後蒸以靈芝潤以醴泉白虎通曰醴泉者美泉也狀如醴酒也晞以朝陽綏以五絃毛萇詩傳曰晞乾也無爲自得體妙心玄莊子曰天無爲以之清地無爲以之寧故兩無爲相合萬物皆化之也孰能得無爲哉老子曰玄之又玄衆妙之門忘歡而後樂足遺生而後身存莊子曰天下有至樂無有哉曰至樂無樂郭象曰忘歡而後樂樂足樂足而後身存莊子曰棄事則形不勞遺生則精不虧夫形全精復與天爲一若此以往恕可與羨門

比壽王喬爭年何爲其無有哉聲類曰恕人心度物也史記曰始皇之碣石使燕人盧生求羨門韋昭曰羨門古仙人也列仙傳曰王子喬者周靈王太子晉也道人浮丘公接以上嵩高山

運命論一首

運謂五德更運帝王所稟以生也春秋元命苞曰五德之運各象其類興亡之名應籙以次相代宋均曰運籙運也春秋元命苞曰命者天下之命也

李蕭遠

集林曰李康字蕭遠中山人也性介立不能和俗著遊山九吟魏明帝異其文遂起家爲尋陽長政有美績病卒

夫治亂運也窮達命也貴賤時也墨子曰貧富治亂固有天命不可損益王命論曰窮達有命吉凶由人莊子北海若曰貴賤有時未可以爲常也故運之將隆必生聖明之君春秋河圖揆命篇曰倉戲農黃三陽翼天德聖明聖明之君必有忠

賢之臣其所以相遇也不求而自合其所以相親也不介而自親介紹介也禮記曰介紹而傳命唱之而必和謀之而必從道德方同曲折合符老子曰知者不言言者不知是爲方同論語比考讖曰君子上達與天合符得失不能疑其志讒搆不能離其交然後得成功也其所以得然者豈徒人事哉授之者天也告之者神也成之者運也夫黃河清而聖人生里社鳴而聖人出易乾鑿度曰聖人受命瑞應先見於河河水先清清變白白變赤赤變黑黑變黃黃各三日春秋潛潭巴曰里社明此里有聖人出其呴百姓歸天辟亡宋均曰里社之君鳴則教令行教令明惟聖人能之也呴鳴之怒者聖人怒則天辟亡矣湯起放桀時蓋此祥也明與鳴古字通羣龍見而聖人用易曰見羣龍無首吉又曰聖人作而萬物覩故伊尹有莘氏之媵臣也而阿衡於商說苑

鄒子說梁王曰伊尹有莘氏之媵臣湯立以爲三公毛詩曰實維阿衡左右商王毛萇傳曰阿衡伊尹也太公渭濱之賤老也而尚父於周史記曰太公望以漁釣干周西伯六韜曰文王卜田史扁爲卜曰于渭之陽將大得焉非熊非羆非虎非狼兆得公侯天遺汝師王乃齋戒三日田于渭陽卒見呂尚坐茅以漁毛詩大雅曰維師尚父時維鷹揚諒彼武王肆伐大商百里奚在虞而虞亡在秦而秦霸非不才於虞而才於秦也呂氏春秋曰凡亂也者必始乎近而後及遠始乎本而後及末亦然故百里奚處乎虞而虞亡處乎秦而秦霸百里奚之處乎虞知非遇也其處於秦非加益也有其本也其本也者定分之謂也張良受黃石之符誦三略之說黃石公記序曰黃石者神人也有上略中略下略河圖曰黃石公謂張良曰讀此爲劉帝師以遊於群雄其言也如以水投石莫之受也及其遭漢祖其言也如以石投水莫之逆也漢書曰張良以兵法說沛公沛公喜常用其策

爲它人言皆不省非張良之拙說於陳項而巧言於沛公也漢書張良乃說項梁立韓成爲韓王而漢書張良無說陳涉今此言之未詳其本也然則張良之言一也不識其所以合離合離之由神明之道也故彼四賢者名載於籙圖事應乎天人其可格之賢愚哉春秋考異郵曰稽之籙圖參於泰古易坤靈圖曰湯臣伊尹振鳥陵春秋命厤序曰文王受丹書呂望佐昌發春秋保乾圖曰漢之一師爲張良生韓之陂漢以興春秋感精記曰西秦東闕謀蘽鄭伯晉戎同心遮之穀谷反呼老人百里子哭語之不知泣血何益蒼頡篇曰格量度之也孔子曰清明在躬氣志如神嗜慾將至有開必先天降時雨山川出雲禮記文也鄭玄曰清明在躬氣志如神神謂聖人也嗜慾將至謂其王天下之期將至也神有以開之必先爲之生賢智之輔佐若天將降時雨山川爲之出雲也詩云惟嶽降神生甫及申惟申及甫惟

周之翰運命之謂也詩大雅文也箋云申申伯甫甫侯也毛萇傳曰翰幹也言周道將興五嶽爲之生佐仲山甫及申伯爲周之幹臣也豈惟興主亂亡者亦如之焉呂氏春秋曰世有興主之士也幽王之惑褒女也祆始於夏庭史記曰昔夏后氏之衰也有神龍二止於夏帝之庭而言曰余褒之二君也夏帝卜殺之與去之與止之莫吉卜請其漦而藏之乃吉於是布幣而策告之龍亡而漦在夏氏乃櫝而去之比三代莫之敢發至厲王之末發而觀之漦流於庭不可除厲王使婦人臝而譟之漦化爲玄黿以入王後宮後宮童妾既齓遭之既笄而孕無夫而生一女子懼而棄之宣王之時童謠檿弧箕服寔亡周國於是宣王聞之有夫婦賣是器者宣王使執而戮之於道而鄉者後宮妾所棄妖子出於路者聞其夜啼哀而收之夫婦遂奔於褒褒人有罪請入棄子以贖罪棄子出於褒是爲褒姒幽王廢申后立褒姒爲后后父申侯怒攻幽王遂殺幽王酈山下漦仕淄切曹伯陽之獲公孫彊也徵發於社宮左氏傳曰初曹人或夢衆君子立於社宮而謀亡曹曹叔振鐸

請待公孫彊許之旦而求之曹無之戒其子曰我死爾聞公孫彊爲政必去之及曹伯陽即位好畋弋曹鄙人公孫彊好弋且言畋弋之說悅之因訪政事說於曹伯從之乃背晉而奸宋宋人伐之執曹伯陽以歸殺之

叔孫豹之暱豎牛也禍成於庚宗左氏傳曰初穆子去叔孫氏及庚宗過婦人使私爲食而宿焉魯人召之所宿庚宗之婦人獻以雉問其姓對余子長矣召而見之遂使爲豎有寵長使爲政田於蒲丘遂遇疾焉豎牛曰夫子疾病不欲見人使寘饋于介而退弗進則置虛器命徹叔孫不食卒

吉凶成敗各以數至春秋考異郵曰吉凶有效存亡出象王命論曰驗行事之成敗數厤數也孔安國尚書傳曰厤數謂天道也咸皆不求而自合不介而自親矣

昔者聖人受命河洛曰以文命者七九而衰以武興者六八而謀河洛謂河圖洛書也文謂文德即文王也武謂武功即武王也言以文德受命者或七世九世而漸衰微以武功興起者或六世八世而謀也及成王定鼎於郟鄏卜世三

十卜年七百天所命也左氏傳王孫滿之辭也其世之多少年之短長皆天所命也七九六八即卜世數也杜預注曰郟鄏今河南也武王遷之成王定之故自幽厲之間周道大壞言自成王至于厲王凡有八世即應七而衰也毛詩序曰蕩召穆公傷周室大壞也二霸之後禮樂陵遟二霸齊桓晉文也自厲王至于二霸之卒凡有九世即應九而衰也毛詩序曰禮義陵遟男女淫奔也文薄之弊漸於靈景自二霸之卒至于景王凡有六世即應六而謀也尚書大傳曰周人之敎以文上敎以文君子其失也小人薄鄭玄曰文謂尊卑之差制也習文法無悃誠也靈景周之王末者也辯詐之僞成於七國言文薄既弊詐僞乃成也七國謂韓魏齊趙燕楚秦也自景王至于七國凡有八世即應八而謀也酷烈之極積於亡秦言詐僞既成故加之以酷烈也解嘲曰呂刑靡弊秦法酷烈也文章之貴棄於漢祖言周人之敎以文故漢承之以貴也漢書曰陸賈爲太中大夫賈時上前說稱詩書高帝罵之曰迺公以馬上得之安事詩書也仲

長子昌言曰漢祖輕文學而簡禮義雖仲尼至聖顏冉大賢家語冉有曰孔子者大聖兼該文武並通又曰顏回字子淵以德行著名孔子稱其賢又曰冉求字子有以政事著名性多謙退揖讓於規矩之内誾誾於洙泗之上不能過其端論語曰孔子朝與上大夫言誾誾如也孔安國曰誾誾中正之貌禮記曾子謂子夏曰吾與汝事夫子於洙泗之間鄭玄曰洙泗魯水名也史記曰甚哉魯之衰也洙泗之間誾誾如也桓子新論曰過絕其端其命在天孟軻孫卿體二希聖從容正道不能維其末周易子曰君子知幾其神乎顏氏之子其殆庶幾乎有不善未嘗不知知之未嘗復行韓康伯曰在理則昧造形而悟顏氏子之分也失之於幾故有不善得之於二不遠而復故知之未嘗復行也法言曰睎驥之馬亦驥之乘睎顏之人亦顏之徒也顏嘗睎夫子矣李軌曰希望也言顏回嘗望孔子也禮含文嘉曰從容中道陰陽度行也天下卒至于溺而不可援言小人之失在薄故孔孟所不能援也孟子曰天下溺則援之以道夫以仲

尼之才也而器不周於魯衛以仲尼之辯也而言不行於定哀史記曰魯定公以孔子爲司寇季桓子受齊女樂不聽政孔子遂行適衛衛靈公置粟六萬居頃之或譖孔子於靈公孔子恐獲罪去衛也以仲尼之謙也而見忌於子西史記曰楚昭王興師迎孔子將以書社地七百里封孔子楚令尹子西曰王之使使諸侯有如子貢者乎曰無有王之將帥有如子路者乎曰無有王之官尹有如宰予者乎曰無有且楚之祖封於周爲子男五十里今孔丘述三五之法明周召之業王若用之則楚國安得世世土方數千里乎文王在豐武王在鎬卒王天下今孔丘得據土壤賢弟子爲佐非楚之福也昭王乃止以仲尼之仁也而取讎於桓魋史記曰孔子適宋與弟子習禮大樹下宋司馬桓魋欲殺孔子拔其樹孔子弟子曰可以速行矣孔子曰天生德於予桓魋其如予何以仲尼之智也而屈厄於陳蔡家語曰楚昭王聘孔子孔子往拜禮焉路出乎陳蔡陳蔡大夫相與謀曰孔子賢聖其刺譏皆中諸侯之病若用於楚則陳蔡

危矣遂使徒兵距孔子孔子不得行絕糧七日外無所通藜羹不充以仲尼之行也而招毀於叔孫論語曰叔孫武叔毀仲尼子貢曰無以爲也仲尼不可毀也他人之賢者丘陵也猶可踰也仲尼日月也無得而踰焉人雖自絕也其何傷於日月乎多見其不知量也夫道足以濟天下而不得貴於人周易曰智周萬物而道濟天下言足以經萬世而不見信於時文子曰養生以經世莊子曰未嘗聞任氏之風俗其不可與經於世亦遠矣行足以應神明而不能彌綸於俗孝經曰孝悌之至通於神明周易曰故能彌綸天地之道應聘七十國而不一獲其主說苑趙襄子謂子路曰吾嘗問孔子曰先生事七十君無明君乎孔子不對何謂賢也驅驟於蠻夏之域屈辱於公卿之門蠻謂蔡楚也毛詩曰蠢爾蠻荊夏謂宋衛也公謂魯侯也卿謂季氏也列子楊朱曰孔子屈於季氏見辱於陽虎也其不遇也如此及其孫子思希聖備體而未之至

史記曰伯魚生伋字子思孟子曰子夏子游子張皆有聖人之一體冉伯牛閔子顏回則具體而微劉熙曰體者四支股脚也具體者皆微者也皆具聖人之體微小耳體以喻德也封己養高勢動人主國語叔向曰引黨以封己韋昭曰封厚也魏志高柔上疏曰三事不使知政遂各偃息養高其所游歷諸侯莫不結駟而造門雖造門猶有不得賓者焉其徒子夏升堂而未入於室者也退老於家魏文侯師之西河之人肅然歸德比之於夫子而莫敢閒其言論語子曰由也升堂矣未入於室也家語曰卜子夏孔子卒後教於西河之上魏文侯師事之而咨問國政焉禮記曾子謂子夏曰吾與汝事夫子於洙泗之閒退而老於西河之上使西河之人疑汝於夫子陳羣論語注曰不得有非閒之言也故曰治亂運也窮達命也貴賤時也而後之君子區區於一主歎息於一朝屈原以之沈湘賈誼以

之發憤不亦過乎楚辭曰臨沅湘之玄淵兮遂自忍而沈流漢書曰天子以賈誼任公卿之位絳灌之屬盡害之乃毀誼於是天子亦踈之以誼爲長沙王太傅誼既以謫去意不自得及渡湘水爲賦以弔屈原原楚賢臣也被讒遂投江而死誼追傷之因以自諭楊雄反騷曰欽弔楚之湘纍音義曰屈原赴湘故曰湘纍然則聖人所以爲聖者蓋在乎樂天知命矣周易曰樂天知命故不憂故遇之而不怨居之而不疑也其身可抑而道不可屈漢書孫寶曰道不可詘身詘何傷其位可排而名不可奪譬如水也通之斯爲川焉塞之斯爲淵焉管子曰水有大小出之溝流於大水及海者命之曰川出於地而不流命曰淵水升之於雲則雨施沈之於地則土潤淮南子曰夫水者大不可極深不可測上天爲雨露下地爲潤澤無公無私水之德也周易文言曰雲行雨施天下平也禮記月令曰季夏之月土潤溽暑鄭玄云土潤謂塗濕也體清以洗物不

亂於濁受濁以濟物不傷於清晏子春秋景公問晏子曰廉正而長久其行何也晏子對曰其行水也美哉水乎清其濁無不宷塗其清無不灑除是以長久也管子曰夫水淖溺以清好灑人之惡仁也宷式甚切是以聖人處窮達如一也呂氏春秋曰古之得道者窮亦樂達亦樂所樂非窮達也道得於此則窮達一也夫忠直之迕於主獨立之負於俗理勢然也小雅曰迕犯也鄭玄禮記注曰負背也故木秀於林風必摧之堆出於岸流必湍之廣雅曰秀出也論衡曰風衝之物不得育水湍之岸不得峭行高於人衆必非之史記曰商君說秦孝公曰夫有高人之行者固見非於世前監不遠覆車繼軌毛詩曰殷鑒不遠晏子春秋諺曰前車覆後車戒然而志士仁人猶蹈之而弗悔操之而弗失何哉將以遂志而成名也史記司馬遷曰詩書隱約者欲遂其志之思也班固漢書贊曰雖其陷於刑辟自與殺身成名也

求遂其志而冒風波於險塗家語曰不觀巨海何以知風波之患也求成其名而歷謗議於當時司馬遷書曰下流多謗議彼所以處之蓋有筭矣蒼頡篇曰筭計也子夏曰死生有命富貴在天論語子夏曰商聞之死生有命富貴在天故道之將行也命之將貴也論語子曰道之將行也與命也則伊尹呂尚之興於商周百里子房之用於秦漢不求而自得不徼而自遇矣論衡曰命吉不求自得富貴之命西京賦曰不徼自遇道之將廢也命之將賤也論語子曰道之將廢也與命也豈獨君子恥之而弗爲乎蓋亦知爲之而弗得矣凡希世苟合之士蘧蒢戚施之人莊子曰原憲謂子貢曰夫希世而行比周而友憲不忍爲也司馬遷報任安書曰苟合取容毛詩云燕婉之求蘧蒢不鮮又曰燕婉之求得此戚施俛仰尊貴之顏逶迤勢

利之閒杜預左氏傳注曰：俛仰，伏也。鄭玄毛詩箋曰：蘧蒢，觀人顏色而爲辭，故不能俯。又曰：戚施，下人以色，故不能仰。史記曰：蘇秦嫂逶迤而謝曰：見季子位高金多也。意無是非，讚之如流；言無可否，應之如響。毛詩曰：巧言如流。史記淳于髡曰：鄒忌其應我若響之應聲也。以闚看爲精神，以向背爲變通。周易曰：變通者，趣時者也。勢之所集，從之如歸市；勢之所去，棄之如脫遺。孟子曰：太王居邠，狄人侵之，乃踰梁山，邑于岐山下，從者如歸市焉。廣雅曰：脫，誤也。毛詩曰：弃予如遺。鄭玄曰：如人遺忘，忽然不省存也。其言曰：名與身孰親也？得與失孰賢也？榮與辱孰珍也？老子曰：名與身孰親？得與亡孰病？家語子貢曰：與其俱失，二者孰賢？鄭玄儀禮注曰：賢，猶勝也。故遂絜其衣服，矜其車徒，冒其貨賄，淫其聲色，杜預左氏傳注曰：冒，貪也。脉脉然自以爲得矣。爾雅曰：脉，相視也。郭璞曰：脉脉，謂相視貌也。蓋見龍逢、比干之亡其身而不惟飛廉惡來之滅其族也尸子曰義必利雖桀殺關龍逢紂殺王子比干猶謂義之必利也史記曰中潏生蜚廉蜚廉生惡來惡來父子俱以材力事紂說苑子石曰費仲惡來革去卑決目崇侯虎順紂之心欲以合於意武王伐紂四子死牧之野蓋知伍子胥之屬音燭鏤力俱於吳而不戒費無忌之誅夷於楚也左傳曰吳將伐齊越子率其屬以朝焉王及列士皆饋賂吳人皆喜惟子胥懼曰是豢吳也使於齊屬其子於鮑氏爲王孫氏反役王聞之使賜之屬鏤以死杜預曰改姓爲王孫欲以辟吳禍屬鏤劒名又左傳曰沈尹戌言於子常曰夫無極楚之讒人也去朝吳出蔡侯朱喪太子建殺連尹奢子而弗圖將焉用之子常曰是瓦之罪也乃殺費無極鄢將師盡滅其族以說其國蓋譏汲黯之白首於主爵而不懲張湯牛車之禍也漢書曰汲黯爲東海太守東海大治召爲主爵都尉又曰上以張湯爲懷詐面欺使使簿責湯湯自殺諸子欲厚葬湯母曰湯爲天子大臣被惡言而死何厚葬爲載以牛車有棺而無槨蓋笑蕭望

之跋蒲末躓竹利於前而不懼石顯之絞縊於後也漢書曰前將軍蕭望之及光祿大夫周堪建白以爲宜罷中書宦官應古不近刑人由是大與石顯忤後皆害焉望之自殺毛詩曰狼跋其胡載躓其尾漢書曰成帝立丞相奏顯舊惡免官徙歸故郡憂懣不食道病死故夫達者之筭也亦各有盡矣曰凡人之所以奔競於富貴何爲者哉若夫立德必須貴乎則幽厲之爲天子不如仲尼之爲陪臣也左氏傳王饗管仲管仲曰陪臣敢辭杜預注曰諸侯之臣曰陪臣必須勢乎則王莽董賢之爲三公不如楊雄仲舒之閴其門也漢書曰拜王莽爲大司馬又曰董賢代丁明爲大司馬楊雄自序曰雄家代素貧嗜酒人希至其門又曰董仲舒爲博士下帷講誦弟子傳以文次相授業或莫見其面必須富乎則齊景之千駟不如顏回原憲之約其身也論語子曰齊景公有馬千駟死之日民無得而

稱焉又曰顏淵問仁子曰克己復禮爲仁馬融曰克己約身也家語曰原憲宋人字子思清約守節貧而樂道其爲實乎則執杓而飲河者不過滿腹棄室而灑雨者不過濡身過此以往弗能受也桓公新論曰子貢對齊景公曰臣事仲尼譬如渴而操杯器就江海飲滿腹而去又焉知江海之深也其爲名乎則善惡書于史冊毀譽流於千載淮南子曰三代之善千歲之積譽也桀紂之惡千載之積毀也賞罰懸於天道吉凶灼乎鬼神固可畏也廣雅曰灼明也將以娛耳目樂心意乎南都賦曰遊觀之好耳目之娛譬命駕而遊五都之市則天下之貨畢陳矣孔叢子孔子歌曰巾車命駕漢書曰王莽於五都立均官更名雒陽邯鄲臨淄宛成都市長皆爲五均司市師也褰裳而涉汶問陽之丘則天下之稼如雲矣毛詩曰子惠思我褰裳涉溱公羊傳曰莊公會諸侯盟于柯曹子曰願請汶陽之田如雲

言多也椎直追紒而守敖庾海陵之倉則山坻之積在前矣漢書曰尉佗魋結服虔曰魋音椎今兵士椎頭結張揖上林賦注曰紒髮鬢後垂也紒即髻字也于子正文引此而爲髻字漢書曰築甬道屬河以取敖倉粟文枚乘上書曰夫漢轉粟西向不如海陵之倉毛詩曰曾孫之庾如坻如京毛萇詩傳曰京丘也鄭玄曰庾露積穀也扱衽而登鍾山藍田之上則夜光璵余璠煩之珍可觀矣爾雅曰扱衽曰擷廣雅曰扱插也並初洽切淮南子曰鍾山之玉范子計然曰玉英出藍田許慎淮南子注曰夜光之珠有似明月故曰明月也左氏傳曰季平子卒陽虎將以璵璠斂杜預曰璵璠美玉也夫如是也爲物甚衆爲己甚寡不愛其身而嗇其神呂氏春秋曰凡事之夲必理身嗇其大寶高誘曰嗇愛也寶身也風飈塵起散而不止風飈塵起喻惡積而釁生塵散而不止喻釁生而不滅六疾待其前五刑隨其後左氏傳曰昭元年晉侯求醫於秦秦使醫和視之和曰是謂近女室公曰

女不可近乎對曰天有六氣淫生六疾六氣曰陰陽風雨晦明過則爲災陰淫寒疾陽淫熱疾風淫末疾雨淫腹疾晦淫惑疾明淫心疾今君不節能無及此乎書曰惟敬五刑以成三德利害生其左攻奪出其右而自以爲見身名之親踈分榮辱之客主哉言奔競之倫禍敗若此而乃尚自以爲審見身名親踈之理妙分榮辱客主之義哉言惑之甚也天地之大德曰生聖人之大寶曰位何以守位曰仁何以正人曰義周易曰天地之大德曰生聖人之大寶曰位何以守位曰仁何以聚人曰財理財正辭禁人爲非曰義故古之王者蓋以一人治天下不以天下奉一人也淮南子曰古之立帝王者非以奉養其欲也爲天下掩衆暴寡故立天子以齊一之也古之仕者蓋以官行其義不以利冒其官也論語子曰君子之仕行其義也杜預左氏傳注曰冒貪也古之君子蓋恥得之而弗能治也不恥能治

而弗得也。原乎天人之性，核胡華乎邪正之分，呂氏春秋曰：衆正之所積，其福無不及；衆邪之所積，其禍無不違。權乎禍福之門，終乎榮辱之筭，其昭然矣。爾雅曰：權輿，始也。尸子曰：聖人權福則取重，權禍則取輕。呂氏春秋曰：少多治亂，不可不察，此禍福之門也。管子曰：爲善者有福，爲不善者有禍。孟子曰：仁則榮，不仁則辱。孫卿子曰：先義後利者榮，先利後義者辱。故君子舍彼取此。言舍欲利而取仁義也。老子曰：故去彼取此。若夫出處不違其時，默語不失其人，周易曰：君子之道，或出或處，或默或語。天動星迴而辰極猶居其所，言君子之性，語默出處，雖從其時，而中心常不改其操，似天動星迴，而北辰常居其所而不改也。論語子曰：爲政以德，譬如北辰居其所而衆星拱之。鄭玄曰：北極謂之北辰。璣旋輪轉而衡軸猶執其中，尚書曰：琁璣玉衡，以齊七政。孔安國曰：璣衡，王者正天文之器，可運轉者。馬融曰：琁璣，渾天儀，可轉旋。鄭玄曰：轉運者爲機，持正者爲衡。莊子曰：軸不運而輪致千里既明且哲以保其身貽厥孫謀以燕翼子者毛詩大雅文也毛萇傳曰燕安也翼敬也箋云貽猶傳也孫順也言傳其所順以天下之謀以安其敬事之子孫謂使行之也昔吾先友嘗從事於斯矣論語曾子曰以能問於不能昔者吾友嘗從事於斯矣

辯亡論上下二首孫盛曰陸機著辯亡論言吳之所以亡也

陸士衡

昔漢氏失御姦臣竊命姦臣謂董卓也荅賓戲曰王塗蕪穢周失其御法言曰上失其政姦臣竊國命禍基京畿毒徧宇內皇綱弛紊王室遂卑荅賓戲曰廓帝紘恢皇綱劇秦美新曰皇綱弛而未張尚書傳曰紊亂也新序曰及定王王室遂卑矣於是羣雄蜂駭義兵四合廣雅曰駭起也漢高祖曰吾以義兵誅殘賊又魏相曰救亂誅暴謂之義兵吳武烈皇帝慷慨下國電發荆南吳志曰漢以孫堅爲長沙太守董卓專權諸州郡並興義兵欲以討卓堅亦舉兵荆州刺史王叡素遇堅無禮堅過殺之北至南陽衆數萬人楚辭

曰雷動雷發權略紛紜忠勇伯世公羊傳曰權者反於經而後有善者也威稜則夷羿震盪逹朗兵交則醜虜授馘漢書曰武帝報李廣書曰威稜憺乎鄰國李奇曰神靈之威曰稜左氏傳魏莊子謂晉侯曰寒浞伯明氏之讒子弟也夷羿收之以爲己相杜預曰夷氏也羿善射左氏傳曰兵交使在其間毛詩曰仍執醜虜箋云馘所格者之左耳也遂掃清宗祊補盲蒸禋皇祖毛詩曰祝祭于祊毛萇傳曰祊廟門内之祭也爾雅曰冬祭曰蒸尚書孔氏傳曰精意以饗謂之禋皇祖謂漢祖也吴書曰堅入洛掃除漢宗廟祠以太牢于時雲興之將帶州飈起之師跨邑哮呼交闞之君羣風驅熊羆之衆霧集毛詩曰進厥武臣闞如虓虎尚書武王曰勗哉夫子尚桓桓如虎如貔如熊如羆雖兵以義合同盟勠力左氏傳曰諸侯同盟於亳國語曰勠力一心賈逵曰勠力并力也然皆苞藏禍心阻兵怙亂左氏傳曰楚公子圍聘于鄭鄭使行人子羽與之言曰大國無乃苞藏禍心以

圖之又衆仲曰夫州吁阻兵而安忍杜預曰阻恃也又君子曰史佚所謂無怙亂也或師無謀律喪威稔冠言出師之法必以律齊之令則不然各恃兵怙亂而出師無律也稔冠言喪其威權令資熟於冠也周易曰師出以律否臧凶左氏傳萇弘曰毛得必亡是昆吾稔之日杜預曰稔熟也忠規武節未有如此其著者也漢書武帝詔曰躬秉武節武烈既没長沙桓王逸才命世弱冠秀發吳志曰權稱尊號追謚策曰長沙王言桓王挺英逸之才命世而出也禮記曰人生二十曰弱冠招攬遺老與之述業神兵東驅奮寡犯衆范曄後漢書陳忠曰旬月之閒神兵電埽攻無堅城之將戰無交鋒之虜誅叛柔服而江外底旨定左氏傳隨武子曰君討鄭怒其貳而哀其卑叛而伐之服而赦之伐叛刑也柔服德也二者立矣尚書曰震澤底定飾法脩師則威德翕赫周易曰先王明罰飭法趙充國頌曰諭以威德賓禮名賢而張昭爲之雄吳志曰策以彭

城張昭爲謀主班固漢書曰班伯諸所賓禮皆名豪又述曰賓禮故老交御豪俊而周瑜爲之傑吳志曰策徙居舒與周瑜相友收合士大夫江淮閒人咸向之彼二君子皆弘敏而多奇雅達而聰哲故同方者以類附等契者以氣集而江東蓋多士矣周易曰方以類聚物以群分又曰同聲相應同氣相求將北伐諸華誅鉏干紀左氏傳曰吳周之冑裔也今而始大比于諸華又季孫盟臧氏曰無或如臧孫紇干國之紀犯門斬關春秋合誠圖曰誅鉏民害旋皇輿於夷庚反帝座乎紫闥吳志曰曹公與袁紹相拒於官渡策陰謀襲許迎漢帝繫欽辨惑曰吳人者以船檝爲輿馬以巨海爲夷庚臧榮緒晉書司徒王謐議曰夷庚未入乘輿旅館然夷庚者藏車之所崔駰達旨曰攀台階闚紫闥挾天子以令諸侯清天步而歸舊物戰國策張儀謂秦惠王曰挾天子以令天下此王業也毛詩曰天步艱難之子不猶左氏傳伍員曰少康祀夏配天不失舊物戎車既次

羣凶側目大業未就中世而殞漢書曰列侯宗室見郅都側目范曄後漢書陳蕃上疏曰群凶側目禍不旋踵周易曰富有之謂大業用集我大皇帝吳志曰權薨謚曰大皇帝以奇蹤襲於逸軌叡心因於令圖從政咨於故實播憲稽乎遺風國語樊穆仲對宣王曰魯侯賦事行刑必問於遺訓而諮於故實史記曰宣王即位脩政法文武成康遺風諸侯復宗周室也而加之以篤固申之以節儉疇咨俊茂好謀善斷尚書帝曰疇咨若時登庸班固王命論曰信誠好謀束帛旅於丘園旌命交於塗巷周易曰賁于丘園束帛戔戔孟子曰夫招士以弓大夫以旌謝承後漢書曰鄧道不應州郡旌命故豪彥尋聲而響臻志士希光而景騖異人輻湊猛士如林班固公孫弘贊曰異人並出文子曰群臣輻湊張湛曰如衆輻之集轂也漢高祖歌曰安得猛士守四方毛詩曰其會如林於是張昭爲師傅吳志曰權待張昭以

師傳之禮周瑜陸公魯肅吕蒙之儔入爲腹心出作股肱吳志

曰吕蒙字子明汝南人也爲武威將軍南郡太守餘並巳見三國名臣頌毛詩曰赳赳武夫公侯腹心尚書曰命汝予翼作股肱心膂甘寧凌統程普賀齊朱桓朱然之徒奮其威

吳志曰甘寧字興霸巴郡臨江人也少有氣力好游俠拜西陵太守又曰凌統字公績吳郡人也拜偏將軍又曰程普字德謀右北平人也領江夏太守遷盪寇將軍又曰賀齊字公苗會稽人也爲蘄春太守又曰朱桓字休穆吳郡人也拜前將軍領青州牧又曰朱然字義封朱治姊子也姓施氏初治未有子然年十三乃啓策乞以爲嗣爲左大司馬右軍帥韓當潘璋黄蓋蔣欽周泰之屬宣其力

吳志曰韓當字義公遼西人也遷昭武將軍又加都督之號又曰潘璋字文珪東郡人也拜平北將軍襄陽太守又曰黄蓋字公覆零陵人也拜武鋒中郎將加偏將軍又曰蔣欽字公弈九江人也拜右護軍又曰周泰字幼平九江人也拜漢中太守奮威將軍尚書曰予欲宣力四方汝爲風雅則諸葛瑾張承

步騭以名聲光國 諸葛瑾已見三國名臣頌吳志曰張昭長子承字仲嗣少以才學知名爲濡須督奮威將軍又曰步騭字子山臨淮人也孫權爲討虜將軍召騭爲主記權稱尊號代陸遜爲丞相誨育門生手不釋卷蔡邕陳太丘碑曰紆佩金紫光國垂勳 政事則顧雍潘濬呂範呂岱以器任幹職 吳志曰顧雍代孫劭爲丞相平尚書事其所選用文武將吏隨能所任心無適莫又曰潘濬字承明武陵人也弱冠從宋仲子受學權稱尊號拜爲少府遷太常又曰呂範字子衡汝南人也權拜裨將軍亮即位遷揚州牧又遷大司馬又曰呂岱字定公廣陵人也權拜上將軍亮即位拜大司馬岱清身奉公所在可述許愼淮南子注曰幹彊也 奇偉則虞翻陸績張温張惇以諷議舉正 虞翻已見三國名臣頌吳志曰虞翻性不協俗數犯顏諫爭又曰陸績字公紀吳郡人也孫權統事辟爲奏曹掾又曰張温字惠恕吳郡人也權拜議郎從太子太傅甚見信重吳録曰張惇字叔方吳郡人也德量淵懿清虛淡泊又善文辭孫權以爲車騎將軍出補海昬令毛詩曰出入諷議 奉使則趙咨

沈珩衡以敏達延譽吳志曰權遣都尉趙咨使魏魏帝問吳王何等主也咨對曰聰明仁智雄略之主也帝問其狀對曰納魯肅於凡品是其聰也拔呂蒙於行陣是其明也獲于禁而不害是其仁也取荊州兵不血刃是其智也據三州虎視於天下是其雄也屈身於陛下是其略也吳書曰咨字德度南陽人拜騎都尉又曰沈珩字仲山吳郡人也權以珩有智謀能專對乃使至魏魏文帝問曰吳嫌魏東向乎珩曰不嫌也曰何以知曰信恃舊盟言歸于好是以不嫌若魏渝盟自有備豫文帝善之以奉使有稱封永安鄉侯官至少府國語曰使張老延君譽于四方

術數則吳範趙達以機祥協德韋昭漢書注曰厤數占術也吳志曰吳範字文則會稽人也以治厤數知風氣聞於郡中權以範爲騎都尉領太史令又曰趙達河南人也治九宮一筭之術究其微旨孫權行師征伐每令達有所推步皆如其言呂忱字林曰機祅祥也居衣切天文志曰臣主共憂患其察機祥如淳曰呂氏春秋曰荊人鬼而越人機今之巫祝禱祀之比也晉灼曰機音珠璣之璣

董襲陳武殺身以衛主吳志曰董襲字元世會稽人也

爲偏將軍曹公出濡須口襲從權赴之襲督五樓船往濡須口夜卒暴風樓船傾覆左右散走遠舸乞使襲出怒曰受將軍任在此備賊何等委去也敢復言此者斬於是莫敢干其夜船敗襲死權改服臨殯又曰陳武字子烈廬江人也累有功勞進位偏將軍建安二十年從擊合肥奮命戰死權哀之自臨其喪**駱統劉基彊諫以補過**吴志曰駱統字公緒會稽人也權召爲功曹志在補察苟所聞見夕不待旦又曰劉繇長子基字敬輿權爲吴王基爲大司農權甞宴飲騎都尉虞翻醉酒犯忤權欲殺之威怒甚盛由基諫爭翻以得免左氏傳士季謂晉侯曰詩云衮職有闕惟仲山甫補之能補過也**謀無遺諝舉不失策**廣雅曰諝智也思與切東觀漢記魯恭上疏曰舉無遺策動不失其中**故遂割據山川跨制荆吴而與天下爭衡矣**爭衡謂角其輕重也漢書公孫獲曰吴楚之王西與天子爭衡鄭玄周禮注曰稱上曰衡**魏氏甞藉戰勝之威率百萬之師**漢書晁錯曰戰勝之威民氣百倍**浮鄧塞**去**之舟下漢陰之衆**孔安國尚書傳

日順流曰浮。酈元水經注曰：鄧塞者，即鄧城東北小山也。先後因之以爲鄧塞。漢陰，漢水之南也。莊子曰：子貢南遊於楚，過漢陰。羽檝萬計，龍躍順流。羽檝，言疾也。羽獵曰：杖鏌邪而羅者以萬計。周易曰：見龍在田。或躍在淵。銳騎千旅，虎步原隰。李陵詩曰：幸託不肖軀，且當猛虎步。謨臣盈室，武將連衡。包咸論語注曰：衡，軛也。戎車，武將所駕，故以連衡喻多也。喟然有吞江滸之志，一宇宙之氣。毛萇詩傳曰：水涯曰滸。而周瑜驅我偏師，黜之赤壁。吳志曰：曹公入荊州，權遂遣瑜與備并力逆曹公，遇於赤壁。初一交戰，公軍破退。喪旗亂轍，僅而獲免，收迹遠遁。左氏傳曹劌曰：吾視其轍亂，望其旗靡。鄭玄禮記注曰：遁，逃也。漢王亦憑帝王之號，帥巴漢之民，乘危騁變，結壘千里，志報關羽之敗，圖收湘西之地。而陸公亦挫之西陵，覆師敗績，困而後濟，絕命永安。蜀志曰：孫權襲殺關羽，取荊州。先主忿孫權之襲關羽，遂乃伐吳。吳將陸遜大破先主軍，遂弃船還魚復，改縣曰永安。先主徂于永安宫。吳志曰：備升馬鞍山，陸遜促諸軍四面蹙之，土崩瓦解。馬鞍山在西陵之西。續以濡須之寇，臨川摧鋭，吳歷曰：曹公出濡須，作油船，夜渡洲上。權以水軍圍取，得三千餘人，其没溺者數千人。蓬籠之戰，子輪不反。魏志曰：張遼之討陳蘭，别遣臧霸至皖討吳。吳將韓當遣兵逆霸，與戰于蓬籠。楚辭曰：登蓬籠而下隕兮。王逸曰：蓬籠，山名也。公羊傳曰：晋敗秦於殽，匹馬隻輪無反者。由是二邦之將，喪氣挫鋒，勢衂奴六財匱，而吳莞然坐乘其敝。論語曰：子之武城，聞絃歌之聲，莞爾而笑。何晏曰：莞爾，小笑貌。故魏人請好，漢氏乞盟，左氏傳曰：隱公攝位而欲求好於邾。又曰：鄭伯乞盟請服。遂躋天號，鼎跱而立。方言曰：躋，登也。漢書蒯通説韓信曰：今爲足下之計，莫若三分天下，鼎足而立，其勢莫敢先動。西屠庸益之郊，北裂淮漢之涘，王逸楚辭注曰：屠，裂也。東包百越之地，南括羣蠻之

表賈誼過秦曰南取百越之地薛君韓詩章句曰括約束也於是講八代之禮蒐三
王之樂八代三皇五帝也杜預左氏傳注曰蒐閱也蒐與搜古字通三王夏殷周也告類上
帝拱揖群后尚書曰肆類于上帝孔安國曰類謂攝位事類遂以攝告天及五帝也尚書曰班瑞
于群后典引曰欽若上下恭揖群后虎臣毅卒循江而守毛詩曰進厥虎臣左氏傳君子
曰殺敵爲果致果爲毅漢書伍被曰彊弩臨江而守長棘勁鎩望飈而奮爾雅曰棘戟也
說文曰鎩鈹有鐔也亦曰長刃矛刀之類也山列切庶尹盡規於上四民展業于
下尚書曰庶尹允諧孔安國傳曰尹正也衆官之長國語召康公曰天子聽政近臣盡規又曰内史過曰庶
人工商各守其業以供其上化恊殊裔風衍遐圻左氏傳曰太子之地一圻杜預曰一
圻方千里圻界也言風教及遠乃俾一介行人撫巡外域左氏傳曰晋人使子貢對
鄭使曰君有楚命亦不使一介行李告于寡君杜預曰一介獨使也巨象逸駿擾於外閑

周禮曰天子十有二閑馬六種鄭玄曰每廄爲一閑明珠瑋寶耀於內府周禮曰玉府掌王之金玉玩好珍瑰重迹而至奇玩應響而赴漢書息夫躬曰羽檄重積而狎至輶由軒騁於南荒衝輣息於朔野揚雄荅劉歆書曰嘗聞先代輶軒之使班固漢書述曰戎車七征衝輣閑閑字略作轈樓也音義曰輣兵車名也薄萌切齊民免干戈之患戎馬無晨服之虞而帝業固矣漢書難蜀父老曰今割齊民以附夷狄如淳曰齊等無有貴賤故謂之齊民老子曰天下無道戎馬生郊爾雅曰虞度也大皇旣歿幼主莅朝幼主孫亮也吳志曰孫亮字子明權少子也立爲太子權薨即尊號姦回肆虐景皇聿興尚書曰崇信姦回南都賦曰犲狼肆虐吳志曰孫休字子烈權第六子也亮廢孫綝使宗正孫楷迎休即位薨謚曰景帝毛萇詩傳曰聿遂也虔修遺憲政無大闕守文之良主也南都賦曰朝無闕政公羊傳曰繼文王之體守文王之法度也降及歸命之

初吳志曰孫皓降晉晉賜號歸命侯典刑未滅故老猶存尚書曰尚有典刑毛詩曰召彼故老大司馬陸公以文武熙朝左丞相陸凱以謇諤盡規吳志曰孫皓即位拜陸抗大司馬荊州牧又曰陸凱字敬風吳郡人也孫皓遷爲左丞相凱上表疏皆指事不飾忠懇孔安國尚書傳曰熙廣也周易曰王臣謇謇匪躬之故史記趙簡子曰諸大夫在朝徒聞唯唯子不聞周舍之諤諤盡規已見上文而施績范慎以威重顯吳志曰施績字公緒遷將軍督領盜賊事持法不傾拜左大司馬吳錄曰范慎字孝敬廣陵人也竭忠知己之君纏緜三益之友時人榮之孫皓以爲太尉丁奉離斐以武毅稱吳志曰丁奉字承淵廬江人也少以驍勇爲小將亮即位爲冠軍將軍魏將諸葛誕據壽春降魏人圍之使奉與黎斐解圍奉爲先登黎斐力戰有功拜左將軍黎與離音相近是一人但字不同孟宗丁固之徒爲公卿吳志曰孫皓以左右御史大夫丁固孟仁爲司徒司空吳錄曰初固爲尚書夢松樹生腹上謂人曰松字十八公也後十八歲當爲三公乎卒

如夢焉又曰孟仁字恭武江夏人也本名宗避皓字易焉楚國先賢傳曰累遷光祿勳遂至三公樓玄賀劭之屬掌機事吳志曰樓玄字承先沛郡人也孫皓遂用玄爲宮下録事禁中侯主殿中事又曰賀劭字興伯會稽人也皓時爲中書令漢官解故曰機事所揔號令攸發元首雖病股肱猶存尚書大傳曰元首君也股肱臣也爰及末葉群公既喪然後黔首有瓦解之志皇家有土崩之釁黔首已見過秦論漢書徐樂上書曰何謂瓦解吳楚齊趙之兵是也當是之時安土樂俗之民衆故諸侯無境外助此之謂瓦解又曰何謂土崩秦之末葉是也人困而主不恤下怨而上不知此之謂土崩也麻命應化而微王師躡運而發麻命麻數天命也王師謂晉師也言躡其運數而發也干寶晉紀曰咸寧五年十一月命安東將軍王渾向揚州龍驤將軍王濬帥巴蜀之卒浮江而下卒散於陣民奔于邑城池無藩籬之固山川無溝阜之勢過秦論曰楚師深入鴻門曾無藩籬之難非有工

輸雲梯之械智伯灌激之害墨子曰公輸班爲雲梯必取宋史記曰晉智伯攻晉陽歲餘引汾水灌其城不没者三版城中懸釜而炊易子而食楚子築室之圍燕人濟西之隊左氏傳曰楚子圍宋將去之申叔時曰築室反耕者宋必聽命王從之宋人乃懼遂及楚平史記曰燕昭王使樂毅爲上將軍伐齊破之濟西軍未浹辰而社稷夷矣左氏傳君子曰莒恃其陋浹辰之間而楚克其三都杜預曰浹辰十二日也浹祖牒切干寶晉紀曰太康元年四月王濬鼓入于石頭吴主孫皓面縛輿櫬降于濬雖忠臣孤憤烈士死節將奚救哉襄陽記曰張悌字巨先襄陽人晉伐吴悌逆之吴軍大敗諸葛靚退走使過迎悌悌不肯去靚自牽之悌垂泣曰今日是我死日也靚遂放之爲晉軍所殺韓子有孤憤篇司馬遷書曰世又不與能死節者也夫曹劉之將非一世所選向時之師無曩日之衆向時謂太康之役也曩日謂昔日之曹劉也戰守之道抑有前符符猶法也險阻之利俄然未改

而成敗貿理古今詭趣何哉廣雅曰貿易也說文曰詭變也詭與恑同彼此之化殊授任之才異也

辯亡論下

昔三方之王也魏人據中夏漢氏有岷益吳制荆楊而奄交廣東都賦曰自中夏以布德毛萇詩傳曰奄覆也曹氏雖功濟諸華虐亦深矣其民怨矣左氏傳曰吳周之胄裔也今而始大比于諸華毛詩序曰亡國之音哀以思其民怨劉公因險以飾智功已薄矣其俗陋矣淮南子曰僞之生飾智以警愚范曄後漢書吳祐曰遠在海濱其俗誠陋也夫吳桓王基之以武太祖成之以德聰明叡達懿度弘遠矣周易曰古之聰明叡智神武而不殺者夫莊子許由曰齧缺之爲人也聰明叡智其求賢如不及卹民如稚子論語曰子曰見

善如不及謝承後漢書曰延篤遷京兆尹卹民如子接士盡盛德之容親仁罄丹府之愛拔呂蒙於戎行識潘濬於係虜吴志曰呂蒙年十五六隨鄧當擊賊策見而奇之引置左右張昭薦蒙拜别部司馬又曰潘濬字承明武陵人也江表傳曰權剋荆州將吏悉皆歸附而濬獨稱疾不見權遣人以牀就家輿致之濬伏面著席不起涕泣交横哀哽不能自勝權慰勞與語呼其字曰承明昔觀丁父鄀俘也武王以爲軍帥彭仲爽申俘也文王以爲令尹此二人卿荆國之先賢也初雖見囚後皆擢用爲楚名臣卿獨不然未肯降意將以孤異古人之量邪使親近以巾拭面濬起下地拜謝即以爲治中荆州諸軍事一以咨之毛萇詩傳曰識用也推誠信士不恤人之我欺量能授器不患權之我逼執鞭鞠躬以重陸公之威悉委武衛以濟周瑜之師吴志陸機爲遜銘曰魏大司馬曹休侵我北鄙乃假公黄鉞統御六師及中軍禁衛而攝行王事主上執鞭百司屈膝江表傳曰曹公入荆州周瑜夜請見權曰諸人徒見操

書言水步八十萬而各恐懼不復斷其事實今以實較之不過十五六萬軍已久疲得精兵五萬自足制之權曰五萬兵難卒合已選三萬人船載糧具俱辦卿與子敬便在前發孤當增發人衆多載資糧爲軍後援也

卑宮菲食以豐功臣之賞披懷虛己以納謨士之筭論語曰禹菲飲食而致孝乎鬼神卑宮室而盡力乎溝洫馬融曰菲薄也漢書李尋傳曰王根輔政數虛己問尋

故魯肅一面而自託士燮蒙險而致命吳志曰魯肅字子敬臨淮人也周瑜薦肅才宜佐時當廣求其比以成功業不可令去也權即召肅與語甚説之衆賓罷退獨引肅還合榻對飲又曰士燮字威彦蒼梧人也漢時燮爲綏南中郎將董督七郡領交趾太守孫權遣步騭爲交州刺史燮率兄弟奉承節度權加燮爲左將軍燮遣子廞入質

高張公之德而省遊田之娛賢諸葛之言而割情欲之歡吳志曰張昭爲軍師權每田獵常乘馬射虎虎嘗突前攀持馬鞍昭變色而前曰將軍何有當爾夫爲人君者謂能駕御英雄驅使群賢豈謂馳逐於原野校勇於

猛獸者乎如有一日之患奈天下笑何權謝昭曰年少慮事不遠慙君然猶不能已諸葛瑾事未詳

感陸公之規而除刑法之煩奇劉基之議而作三爵之誓

吳志曰陸遜陳便宜勸以施德緩刑寬賦息調權報曰君以爲太重孤亦何利焉但不得已而爲之爾於是令有司盡寫科條使郎中褚逢齎以就遜意所不安令損益之權既爲吳王歡宴之末自起行酒虞翻伏地陽醉不持權去翻起坐權於是大怒手劒欲擊之侍坐者莫不惶遽惟大司農劉基起抱權諫曰大王三爵後殺善士雖翻有罪天下孰知之翻由是得免權因敕左右自今酒後言殺皆不得殺

屏氣跼局蹐脊以伺子明之疾分滋損甘以育凌統之孤

論語曰屏氣似不息者毛詩曰謂天蓋高不敢不跼謂地蓋厚不敢不蹐吳志曰呂子明疾發權時在公安迎置内殿所以治護者萬方募封内有能愈蒙者賜千金欲數見其顏色又恐其勞動常穿鑿壁瞻之見其小能下食則喜顧左右言笑不然則咄唶夜不能寐病小瘳爲下赦令羣臣畢賀後更增篤自親臨視凌統卒權爲之數日減膳言及流涕乃列封

統二子年各數歲權內養於宮愛待與諸子同賓客進見呼示之曰此吾虎子也登壇慷慨歸魯子之功削投惡言信子瑜之節吳志曰權既稱尊號臨壇顧謂公卿曰昔魯子敬嘗道此可謂明於事勢矣時或言諸葛瑾別遣親人與備相聞權曰孤與子瑜有死生不易之誓子瑜之不負孤猶孤不負子瑜也是以忠臣競盡其謨志士咸得肆力孔安國尚書傳曰謨謀也又曰肆陳也洪規遠略固不猒夫區區者也言其規略宏遠不安茲小國也左氏傳曰初楚靈王卜曰余尚得天下不吉投龜詬天而呼曰是區區者而不余畀方言曰猒安也於豔切故百官苟合庶務未遑論語曰子謂衛公子荊善居室始有曰苟合矣少有曰苟完矣初都建業羣臣請備禮秩天子辭而不許曰天下其謂朕何宮室輿服蓋慊口簟如也漢書文帝曰豫建太子謂天下何賈逵國語注曰謂告也言何以告天下也劉兆穀梁傳注曰慊不足也爰及中葉天人之分

既定百度之缺粗脩粗古粗字韋昭漢書注曰粗略也才古切雖醲化懿綱未齒乎上代杜預左氏傳注曰齒列也抑其體國經邦之具亦足以爲政矣周禮曰惟王建國體國經野地方幾萬里杜預左氏傳注曰幾音其近也帶甲將百萬其野沃其兵練韋昭國語注曰沃肥善也其器利其財豐東負滄海西阻險塞長江制其區宇峻山帶其封域國家之利未巨有引於茲者矣借使中才守之以道善人御之有術陳琳爲曹洪與文帝書曰謂爲中才處之殆難倉卒論語子張問善人之道子曰不踐跡亦不入於室也敦率遺典勤民謹政循定策守常險則可以長世永年未有危亡之患也左氏傳北宮文子曰有其國家令問長世尚書曰降年有永有不永或曰吳蜀脣齒之國左氏傳宮之奇曰諺所謂輔車相依脣亡齒寒蜀滅

則吴亡理則然矣夫蜀蓋藩援之與國而非吴人之存亡也漢書項梁曰田假與國之王也如淳曰相與友善爲與國黨與也何則其郊境之接重山積險陸無長轂之徑穀梁傳曰長轂五百乘范甯曰長轂兵車也川阨流迅水有驚波之艱雖有鋭師百萬啓行不過千夫詩曰元戎十乘以先啓行舳艫千里前驅不過百艦胡減切漢書曰自尋陽浮江舳艫千里李斐曰舳船後持柂處也艫船前頭刺櫂處也言其船多前後相銜千里不絶故劉氏之伐陸公喻之長蛇其勢然也蛇鬬以首尾救故鋭師百萬而無所施也昔蜀之初亡朝臣異謀或欲積石以險其流或欲機械以御其變戰國策曰公輸班爲攻宋機械天子總群議而諮之大司馬陸公公以四瀆天地之所以節宣其氣固無可遏之理國語太子晉曰

夫天地成而聚於高歸物於下疏爲川谷以道其氣韋昭曰聚聚物也高山陵也下藪澤也疏通也而機械則彼我之所共彼若棄長技以就所屈即荆楊而爭舟楫之用是天贊我也漢書晁錯曰匈奴之長技三中國之長技五左氏傳子魚曰勍敵之人隘而不成列天贊我也將謹守峽口以待禽耳逮步闡之亂憑寶城以延強寇重資幣以誘群蠻國語單穆公曰量資幣戰國策曰荆軻至秦持千金之幣厚遺中庶子蒙嘉于時大邦之衆雲翔電發雲翔言衆也戰國策頓子説秦王曰今楚魏之兵雲翔而不敢拔然此雲翔與戰國微異不以文害意也懸旍江介築壘遵渚毛詩曰鴻飛遵渚毛萇傳曰遵循也襟帶要害以止吳人之西而巴漢舟師沿江東下陸公以偏師三萬北據東阬東阬在西陵步闡城東北長十餘里陸抗所築之城在東阬上而當闡城之北其迹並存深溝高壘案甲

養威反虜踠於遠跡待戮而不敢北窺生路彊寇敗績宵遁喪師太半分命銳師五千西御水軍東西同捷獻俘萬計吳志曰西陵督步闡據城以叛遣使降晉陸抗聞之因部分諸軍吳彥等徑赴西陵勑軍營更築嚴圍自赤谿至故市內以圍闡外以禦寇圍備始合晉巴東監軍徐胤率水軍詣建平荊州刺史楊肇至西陵抗令張咸固守其城公安督留慮距胤身率三軍憑圍對肇肇攻至月餘計屈夜遁抗使輕騎躡之肇大破敗胤等引還抗遂陷西陵城誅夷闡族左氏傳曰僖二十年晉侯敗楚師于城濮還師歸國獻俘授馘杜預曰獻楚俘于廟俘即囚也信哉賢人之謀豈欺我哉孟子公明儀曰文王我師也周公豈欺我哉自是烽燧罕警封域寡虞言少有虞度之事也陸公歿而潛謀兆吳釁深而六師駭蒼頡篇曰駭驚也夫太康之役衆未盛乎曩日之師廣州之亂禍有愈乎向時之難吳志曰孫皓天紀三

年郭馬反攻殺廣州都督虞授馬自號都督交廣二州諸軍事安南將軍量襄日向時皆謂曹劉之世而邦家顛覆宗廟爲墟嗚呼人之云亡邦國殄瘁不其然與詩大雅文也易曰湯武革命順乎天周易革卦之辭也玄曰亂不極則治不形太玄經曰陰不極則陽不生亂不極則德不形言帝王之因天時也古人有言曰天時不如地利孟子曰天時不如地利地利不如人和趙岐曰天時支干五行王相孤虛之屬易曰王侯設險以守其國言爲國之恃險也周易坎卦之辭也又曰地利不如人和在德不在險言守險之由人也史記魏武侯曰山河之固此魏國之寶也吳起對曰在德不在險吳之興也參而由焉孫卿所謂合其參者也孫卿子曰天有其時地有其財人有其治夫是之謂能參合所以參而顛覆所參則惑矣及其亡也恃險而已又孫卿所

謂舍其參者也夫四州之萌非無衆也大江之南非乏俊也山川之險易守也勁利之器易用也先政之策易循也功不興而禍遘者何哉所以用之者失也是故先王達經國之長規審存亡之至數謙己以安百姓敦惠以致人和寬沖以誘俊乂之謀慈和以結士民之愛是以其安也則黎元與之同慶孝經鉤命決曰天有顧眄之義授圖子黎元也及其危也則兆庶與之共患安與衆同慶則其危不可得也危與下共患則其難不足恤也夫然故能保其社稷而固其土宇麥秀無悲殷之思黍離無愍周之感矣尚書大傳曰微子將朝周過殷之故墟見麥秀之蔪蔪曰此父母之國宗廟社稷之所立也志動心悲欲哭則朝周俯泣

則婦人推而廣之作雅聲毛詩序曰黍離閔宗周也周大夫行役過故宗廟宫室盡爲禾黍故爲黍離之詩

文選卷第五十三

賜進士出身通奉大夫江南蘇松常鎮太等處承宣布政使司布政使胡克家重校刊

傳古樓景印